それまで「父子」をテーマに描いた
ことがなく、本作は形を変えた
父子ものとなりました。

中山七里

恩仇鎮魂曲

印刷簽名版

「過去不曾挑戰過『父子』題材，本集算是另類圓了夢。」——中山七里

讀小說
Reading Novel

恩仇鎮魂曲

恩讐の鎮魂曲（レクイエム）

中山七里

李彦樺／譯

瑞昇文化

目次

第一章

被告人的順從

1

大海是一頭怪物。

自劇烈傾斜的甲板上凝視海面，男人不由得暗想。

太陽還未下山，天空卻是一片昏暗。

然而，天空底下的狂暴大海更加漆黑，彷彿吞噬所有光芒。

翻騰的波濤猶如蛟龍，以頭部和軀體不斷衝撞船身。重複著扭曲、吸附、彈跳，最後化為碎片。波浪的粉碎聲與狂風的呼嘯聲融為一體，好似野獸的咆哮。

聽著宛若來自魔界的可怕聲響，男人忍不住打了個哆嗦。

在半空中來回激盪的浪花幾乎要震飛他的身軀。甲板上不少乘客狠狠撞上機關室的牆壁。不僅是甲板，滔天巨浪甚至衝上展望臺的窗邊，隨時可能撞破玻璃。那又像是一頭巨蟒，吐著舌頭玩弄眼前的獵物。

男人緊緊抓住扶手，眼睜睜看著那幕景象。

船身傾斜已達三十度，右舷隨時會沉入海面下。原本擺在甲板上的桌椅全落入海中。雖然右舷上固定著幾艘救生艇，但連這些救生艇也在波浪之間時浮時沉，坐上去恐怕只有死路一條。剛剛有個貌似船員的男子想解開救生艇，馬上打消念頭，不一會便消失在船尾。

甲板上另有數名等待救援的乘客同樣緊緊攀住扶手，但巨浪不時排山倒海撲來，將他們一個接著一個捲入海中。幾個人並非遭捲走，而是在甲板上撞得不省人事，緩緩滑落。能夠在失去意識的情況下落海，算是相當幸運。男人親眼目睹有個乘客滿頭鮮血，在浪潮之間若隱若現。那乘客掙扎片刻，就再也不動了。

打從一上船，男人心裡就有不好的預感。

這是一艘韓國籍渡輪，名為「藍海號」，往返於韓國釜山與日本下關兩地，每天只有一個班次。據說，船身是將超過耐用年限淘汰的日本船，送到韓國補修後繼續使用。當初聽到這個傳聞時，實在應該改搭其他航班。

一坐上船，男人便察覺明明是筆直航行，船身卻相當不安定。儘管無風無浪，船的重心卻不時左右偏移。

載貨量也令男人咋舌不已。雖然是艘渡輪，甲板的兩舷卻堆滿巨大的貨櫃。那宛如貨船般的畫面，在男人心中留下深刻的印象。想必是貨物超載導致船身失去平衡，偏偏又遇上暴風雨吧。

「砰」一聲巨響，船身再度受衝擊，劇烈晃動。每當浪頭捲上來，船身就吱嘎作響，宛如臨死前的呻吟。男人的身體浮上半空，從頭到腳都濕透，勾住扶手的胳臂也因太滑無法牢牢固定。

不，眼前還有一個更糟的問題。

那就是男人並未穿救生衣。真是太可惡了！男人再度暗暗咒罵。

船身第一次劇烈晃動時，沒有任何廣播向乘客說明狀況。之後，船身傾斜愈來愈大，絲毫沒有恢復平衡的跡象，船員竟以韓語向乘客廣播「今天只是風浪有點大，請稍安勿躁」，簡直把乘客都當成傻瓜。

等到乘客開始焦躁不安，船員才又廣播「保險起見，請穿上救生衣」。問題是在這個廣播後，船員並未出來發放救生衣。仔細回想起來，這艘船一陷入危機，客艙裡的船員便不約而同消失。

起初，男人待在客艙的二樓。船員在廣播中聲稱牆上的棚架備有足夠所有乘客使用的救生衣，於是男人不怎麼擔心。

沒想到這是個天大的錯誤。

乘客打開棚架，爭先恐後取走救生衣，才發現數量根本不夠。

恐慌在一瞬間蔓延開來。

察覺數量不夠時，救生衣當然都被搶光了。沒拿到的乘客趕緊衝下樓搶救生衣，男人也是其中之一。

抵達一樓，乘客卻嘗到更大的絕望。

所有棚架上的救生衣都被拿走，一件也沒剩下。一樓的救生衣似乎同樣不夠，許多乘客像無頭蒼蠅般亂鑽，尋找著救生衣。幸好這時大家說的都是簡單的韓語，男人還聽得懂。

「為什麼會不夠？」

「是誰多拿？」

「快給我！」

「我先！」

「船長到底在做什麼？」

「船員都跑到哪裡去了？」

有些乘客開始爭奪救生衣。

船上超過一半是從釜山前往下關的觀光客。這些人都沒受過專業訓練，加上沒人下達避難指示，當然亂成一團。

繼續待在這裡也沒用……男人迅速下了這樣的判斷，從一樓客艙走向隔壁的餐廳。其他乘客似乎也想通這一點，一時之間門口擠滿想前往其他地方尋找救生衣的乘客。

這時，船身嚴重傾斜。

「藍海號」完全失去平衡，連乘客的移動也無法承受。

下一瞬間，客艙內的哭喊聲此起彼落。
「救命啊！」
「媽媽！」
「哇啊啊啊啊！」
大量海水從敞開的客艙門外灌入。
還待在客艙裡的乘客，全帶著驚恐的表情遭浪花吞沒。沒穿救生衣的人轉眼消失在水中，穿上救生衣的人只露出一顆頭，被退去的海水帶入汪洋大海。
「藍海號」顯然逐漸下沉。遭海浪捲入海中的人沒辦法浮上海面，是船身下沉產生漩渦的緣故。
男人在餐廳裡慌張地左右張望。為了因應用餐期間發生意外狀況，餐廳裡應該也會準備救生衣。
偏偏怎麼找就是找不到。
地上到處是餐具的碎片，幾乎沒有落腳的地方。男人勉強在餐廳內移動，地上一件救生衣也沒有。
由於桌子都固定在地板上，即使船身傾斜也不會滑向同一側。有張桌子上躺著一個男子，不知是昏厥還是死了。那男子的上半身平貼桌面，一動都不動。

仔細一瞧，餐廳的角落有乘客倒在地上，其中幾個鮮血直流。這些人的共通點就是都沒穿救生衣，多半是被其他乘客拿走了吧。一旦昏厥或死亡，穿著救生衣也沒用。

「船員在哪裡？」

「快找出來！」

「在下面的船艙！」

想取得救生衣的急切，及希望船員引導避難的心情，導致所有人殺氣騰騰。在旁人的眼裡，男人大概沒什麼不同。

雖然船身嚴重傾斜，但海水尚未灌入所有船艙。乘客將每一間船艙都打開查看。一個人也沒有。

「在哪裡？」

所有船艙都空蕩蕩。一名乘客進入船艙搜索，發現一件救生衣都沒留下。

「那些傢伙跑去哪裡？」

失去方向的乘客面目猙獰地到處尋找船員。

「先把船長找出來！」

「船長在哪裡？」

「一定在駕駛艙！」

於是，一大群乘客又回到甲板上。右舷即將沒入海中，大家不敢靠近，只能經由左舷往駕駛艙移動。

這時，一人忽然大喊：

「你們看！」

順著對方的手勢望去，只見波濤洶湧的漆黑海面，但凝神細看，海面飄著一艘橙色小船，上頭坐著數人。

那顯然是救生艇。

「他……他們逃了！」

「那些傢伙全是船員！」

「居然不顧乘客的死活……」

「太可惡了！」

「快回來！你們這些混蛋！」

「該死！」

乘客你一言、我一語地高聲咒罵，但救生艇當然沒折返，搞不好那些船員根本沒聽到乘客的怒罵聲。

在這裡浪費口水也無法得救……男人當機立斷，遠離那群乘客。

船長多半是跳上那艘救生艇逃走了吧。如果還留在船內，應該會下達指示，不至於默不作聲。

既然沒辦法仰賴船員，自己的性命只能靠自己救。

男人在甲板上移動著，把船運公司、船長、船員及安排他搭乘「藍海號」的旅行社都罵一遍。

這實在是太沒道理，為什麼救難隊還沒出現？

依航行時間來計算，此時應當已進入日本領海。日本又不是落後國家，海上保安廳或海上自衛隊早該安排救難隊，為什麼還沒抵達？

男人接著忍不住又咒罵起海上保安廳、海上自衛隊及韓國。

當務之急是找到兩樣東西，一是救生艇，二是救生衣。男人在甲板上漫無目標地移動。此時船身呈左舷高、右舷低的狀態，若不抓緊扶手，連站穩都有困難。

好不容易走到左舷中央時，男人益發絕望。

原本固定在船舷的救生艇竟全不翼而飛，只剩下捆綁救生艇的繩索在風中翻舞。

多半是船員把救生艇分光了。

一群殺千刀的混帳！

除了咒罵之外，男人不知該如何是好。

既然救生艇無望，好歹得找到一件救生衣……男人的腦袋剛浮現這個念頭，驟然天旋地轉。男人急忙抓緊扶手，才沒飛出去。

船身傾斜得更厲害了。

一定是船上貨物的關係。

那些貨物全部滑向右舷，導致船身徹底失去恢復平衡的能力。

「藍海號」會以右下左上的角度沉入海底，成為無可避免的結果。

一陣恐懼頓時貫穿男人的全身。

要與這艘船同生共死，還是乾脆跳海溺死？

兩個選擇都是死路一條，差別只在早或晚。

別開玩笑了！

最近日圓高漲、韓元下跌，吸引男人參加這趟號稱史上最便宜的海外旅行。韓國當地的物價與船資，確實都便宜得令人不敢相信。

沒想到參加這趟廉價旅行，彷彿連自己的性命也被賤賣。

絕不能死在這種地方！

為了尋找救生衣，男人又走向船尾。但此時男人的目標已不是船上預留的備用救生衣。哪裡還有倒在地上的人？

到了這個地步，只能找出不需要救生衣的人，剝下對方身上的救生衣。

繞到船尾，男人眼前盡是驚濤駭浪。

跟男人一樣，有些乘客察覺渡輪一定會沉沒，於是一個接著一個跳進海裡。這是一場與時間的競賽，再不趕緊逃走，會被船身一同帶入海底。

四處傳來乘客的怒吼與尖叫，間或夾雜淒厲的哀號。

男人拚命尋找不再動彈的乘客。

然而，倒在船內的乘客，沒有一個穿著救生衣。一旦面臨生死關頭，每個人的想法都大同小異。

強烈的恐懼感緊緊揪住男人的心臟。

這樣下去，他就得到海底與海藻作伴。

我不要死！我不要死！

哪裡有救生衣？

哪裡有不需要救助的人？

趕快交出救生衣！

男人攀著扶把不斷移動，卻一無所獲。

於是，男人變更目標。
事到如今，對方是死是活都無所謂。
不管是誰都好，搶過來就對了。
不一會，男人終於撞見絕佳的獵物。
一個穿救生衣的苗條少女。
約莫十幾二十歲，比他年輕許多。
而且，看上去頗為瘦弱。
少女緊緊抓著扶手不放，似乎是想跳海又提不起勇氣。
好，就決定是她。
搶走這女孩的救生衣應該不難。
男人瞬間下了判斷，沿著扶手朝少女靠近。在刺耳的海浪聲與乘客的慘叫聲中，少女根本沒察覺男人悄悄走近。
五公尺……
三公尺……
一公尺……
男人抓住少女的手腕。下一瞬間，少女轉過頭。

或許是男人的表情過於凶暴，少女發出短促的尖叫，試圖甩開男人的手。

絕不會讓妳逃走！

男人撲向少女的背後。

「住手！」

少女說的是日語，原來也是日本人。

然而，此刻男人的內心沒有絲毫同胞愛，只是緊緊抓住救生衣的衣襬，硬要從少女身上剝下。

「別這樣！」

男人當然不會輕易放棄。儘管少女不斷斥責，男人仍不肯停止搶奪。

隨著少女的掙扎，兩人改變姿勢。

少女面向男人，似乎察覺對方的意圖，犀利的目光直瞪過來。

「你這個禽獸！」

她大喊著，往男人臉上一抓。

男人面頰一陣灼熱。

臭丫頭居然抓我！

這一瞬間，男人心中僅存的一絲理性消失無蹤，嗜虐的本性甦醒。

「妳膽子不小！」

男人不再手下留情，一拳揮向女孩的臉孔。

拳頭傳來擠壓臉部肌肉的觸感，下一秒，只見少女鼻血狂噴。

光是這一拳，少女便失去抵抗的能力。

數分鐘後，男人穿著自少女身上奪取的救生衣。少女橫臥在甲板上，一動也不動。

船身再次大幅傾斜。

右舷持續下沉，船身幾乎與海面垂直。

原本在甲板上遲疑不決的乘客全朝著海面墜落。

少女的身軀自甲板滾下，遭海面吞噬。

距離「藍海號」完全沉沒已不遠。

甲板上的物品，如雪崩般落入海中。

男人往大海縱身一躍。

霎時，海水包圍全身。多虧救生衣的浮力，男人很快探出海面。

水溫頗低，但這種程度應該還能撐一陣子。

「船要沉了！」

「大家快逃！」

龐然大物沉入海中會引發漩渦，海面上的乘客拚命遠離船身，以免遭殃。

「藍海號」發出的聲響，宛如野獸臨死前的嘶吼。

船體終於逐漸與水面形成垂直的狀態。

半晌後，海中冒出無數氣泡，船身緩緩下沉。扶手率先沒入水面，緊接著，沒被解開的救生艇連同右舷消失不見。

「哇啊啊啊啊！」

「救救我！」

周圍盡是慘叫聲，但不久便止歇，沒得到任何回應。

以船身為中心，海面出現巨大的漩渦，逃得太遲的乘客全被捲進去。男人親眼目睹大海吞噬獵物的一幕。

落海的乘客隨著巨大漩渦掀起的波紋劇烈起伏，光是要抵抗海浪不被捲走便精疲力竭。

船身再度發出啼哭般的聲響，駕駛艙一半沒入海中。

從這個階段到船身徹底沉沒，幾乎是一眨眼的工夫。

船身下陷的速度愈來愈快，龐大的船影迅速消失在海面。

沉沒的過程中，船艙內不時傳出微弱的呼救聲，多半是來不及逃出的人的最後一搏吧。然而，沒人伸出援手，呼救聲很快遭船體沉沒的聲響掩蓋。

當船體只剩左舷甲板時，漁船一艘接著一艘出現，將漂浮在海面的乘客逐一救起。第三艘漁船將男人拉上船。

「沒事吧？」看起來像漁夫的男子問道。

男人不住點頭，一聲也不敢吭。生怕一旦說錯話，對方會發現他的惡行。

在獲救的乘客及漁夫的目送下，「藍海號」只留下船頭，其餘部分都消失在海中。

二百五十一人死亡，五十七人失蹤，二十五人倖存……

這起「藍海號翻覆事故」由於遇難的是韓國籍船隻，日本與韓國的關係頓時變得既尷尬又緊張。僅有二十名船員，卻有三百一十三名乘客，其中一百一十五名是日本人。日本方面懷疑經營「藍海號」航運事業的大韓高速海運公司涉嫌違法超載貨物，並指責海上保安廳太慢前往援救。起初，雖然韓國方面的受害者家屬及新聞媒體，對這些指控表達認同，但一進入賠償金額的協商階段，不免又引發平素雙方的仇日、仇韓情結，短期內難以取得共識。

警方釐清案情後，關於「藍海號」航班的諸多疑點浮上檯面。為了超量載貨而調整壓艙水、船身改造不符規定、船長和船員未盡義務等等……

以國際標準來看，這些缺點嚴重得令人匪夷所思。日本方面的專業人士聽聞都不禁搖頭歎氣。

然而，事故發生的兩天後，韓國方面傳出一起驚人的案外案。

一名乘客在跳海前，將船上發生的事以手機錄影下來。這段影像包含攝影的地點是船尾附近，一個男人毆打一個女人，搶走對方身上的救生衣。從雙方的爭執聲可確認都是日本人。

顯然地，男人為了活命，硬生生奪走女人的救生衣。

日本國內一片譁然，相關單位立刻著手尋找犯人。由於影像拍到救生衣上的編號，只要對照倖存者名單，便能立即查明身分。

至於女性受害者，也因五官拍得很清楚，經家屬的指認證實身分。

不論在道德或倫理上，男人的暴力行為都難以忽視。警方隨即依傷害罪將男人逮捕並移送檢方，接下來卻產生戲劇性的發展。

刑事法庭上，辯方律師竟依據「緊急避難」原則，主張被告無罪。市井小民大多被這陌生的名詞搞得一頭霧水，至於法律界人士則對這個問題相當感興趣。

《刑法》第三十七條〈緊急避難〉

第一項　因避免自己或他人生命、身體、自由、財產之緊急危難而出於不得已之行為，且其造成的危難不超過其所欲避免之危難者，不罰。但避難行為過當者，得減輕或免除其刑。

第二項　前項關於避免自己危難之規定，於公務上或業務上有特別義務者，不適用之。

簡單來說，辯方律師認為在此案中，發生在男人生命上的危難，超過奪取少女的救生衣這件事本身的危難，得以作為阻卻違法事由。

日本的判例，鮮少以「緊急避難」為辯論重點。單是「造成的危難不超過其所欲避免之危難」這一項，就極難找到符合的實例。在那些少數符合條件的案例裡，實際獲得法官認同的更是少之又少。

若要勉強舉個例子，譬如「發生重大災害時，為了將居民緊急送往避難地點而無照駕駛」，拯救居民性命的重要性顯然超過遵守道路交通法規。反過來說，除非是像這種毫無爭議的例子，否則很難說服法官。

然而，這次的案子情況與以往有些不同。

「緊急避難」的概念究其源頭，來自古代希臘學者卡涅阿德斯提出的一個問題。

西元前二世紀的希臘，有艘船翻覆，所有船員都落入海中。一個男人抓住一塊船板，另一個男人游來，也想抓住船板。那塊船板太小，無法承受兩個男人的重量，於是先來的男人推開後來的男人，導致對方溺死。獲救的男人因殺人罪嫌遭到審判，最後無罪釋放。

這就是有名的寓言故事〈卡涅阿德斯船板〉。救生衣強奪案的最大特色，在於情境與「卡涅阿德斯船板」實在太像，可說是最適合主張「緊急避難」的典型案子。

檢察官當然提出反駁，強調即使此案的情境符合「緊急避難」的原則，但毆打婦女搶奪救生衣仍有行為過當之嫌。然而，作為證據的影像只錄到被告打少女一拳並脫去救生衣，沒錄到被告其他的危害舉動，被告也否認抱持殺害少女的意圖。

法院最後採納辯方的主張，判決被告無罪，理由是以蠻力搶奪救生衣，不足以證明避難行為過當。

出乎意料的是，社會上的輿論頗為認同此一判決。原因在於，這起船難實在太悲慘，教人不禁鼻酸。大眾自認在相同處境下，可能也會做出一樣的事，對男人寄予同情。

除了影像之外，沒有任何證據能證明男人的暴力行為。所有物證都沉入海底，無法提出新證據，就算上訴也很難逆轉。那名女性受害者一直下落不明，說得難聽點，連是生是死都不清楚，當然無法由本人出面，證實男人的施暴程度。

最終，檢方放棄上訴，被告無罪定讞。

「主文……一、被告處以有期徒刑二年六個月。二、審判羈押期間得抵扣六十日。三、緩刑五年，自宣判日起算。」

審判長的聲音迴盪在法庭上。坐在旁聽席的山崎輕輕握拳，脫口喊一聲「太好了」。

不出所料，坐在對面的檢察官瞟山崎一眼，一臉苦澀。以違反《槍砲法》起訴，具體求刑八年，判決結果卻是二年六個月，還附帶五年的緩刑。表面上是檢察官勝訴，但骨子裡可說是敗得徹底。

即使如此，打贏官司時做出挑釁舉動是相當愚蠢的行為。想到下次可能會遇到相同的檢察官或法官，御子柴禮司不由得暗暗歎息。

聽到意料之外的判決，被告席上的男人開心得隨時會跳起舞。御子柴不禁在內心祈禱，希望被告在閉庭前千萬要乖乖待著別亂動。

審判長說完一長串判決理由後，不忘提出警告：

「不管在緩刑期間或緩刑結束後，被告都不得再次違法持有槍砲刀械。那些原本只是生活上的工具，不應作為其他用途，明白嗎？」

「當然、當然，審判長說得很對。」

被告頻頻點頭，御子柴卻有股想反駁審判長的衝動。槍砲刀械對道上兄弟而言，本來就是生活上的工具，說得更明白點，是吃飯的傢伙。向過著這種生活的人唱高調有什麼意義？

「閉庭。」審判長宣布。

遊戲結束。御子柴面無表情地起身，從旁聽席與座位之間的小門離開法庭。走了一陣，檢察官自後方追上來，開口道：

「『屍體郵差』，你心裡非常得意吧？」

御子柴緩緩轉過頭。

「畢竟逃避法律刑責是你的看家本領。」

又來了……御子柴勉強壓抑歎氣的衝動。打從前科曝光，就連第一次見面的檢察官或律師，都會以這種態度向他攀談。不愧是檢察官，罵人懂得拿捏分寸，御子柴無法告對方毀謗。不過，要比酸言酸語，御子柴更勝一籌。

「上個月貴地檢署起訴一件明知是抓錯人的案子。逃避法律刑責或許不妥，但製造冤獄似乎也好不到哪裡去。」

檢察官一聽，臉色益發鐵青，逕自走過御子柴身旁。

「輸不起的傢伙，又來丟人現眼。」山崎無奈地望著檢察官的背影。「官司打輸就來講那種話，簡直跟國中二年級的小鬼沒兩樣。」

「別理他就行了。事實上，他的話也沒錯。」

「律師先生真是寬宏大量。」

真的是寬宏大量嗎？御子柴不禁在心中打了個問號。

或許不是寬宏大量，而是欠缺一些正常人該有的情感。剛剛檢察官喊出從前的綽號時，他竟絲毫不慌亂，就是最好的證據。

御子柴年少時曾殺害一名少女，不僅將屍體肢解，還將身體各部位分別放在幼稚園、神社等地，新聞媒體為他取了「屍體郵差」的綽號。

後來，御子柴落網，被送進醫療少年院。如果御子柴在裡頭交上壞朋友，恐怕一輩子只會是個惡棍。然而，在偶然的契機下，他對律師這一行產生興趣，經自學苦讀，成功通過司法考試。

一般外界對御子柴禮司這名律師的評價是「貪財但辯護能力一流」。當然，這指的是御子柴的前科尚未被公開前的評價。

前一陣子，御子柴為某件案子辯護，過程中意外暴露過往犯下的罪行。司法界相當狹小，不到三天，圈內人士都得知御子柴的黑暗背景。

「話說回來，律師先生，這一仗打得真漂亮啊。」山崎一臉佩服地跟在御子柴身後，「居然獲得緩刑，這麼說有些失禮，但我實在沒想到能大獲全勝。」

「那不算大獲全勝。」

「咦？」

「一般而言，緩刑的時間是三年，但審判長判了五年，表示雖然勉強給予緩刑，但不太相信被告會安分守己。在審判長的心裡，被告並不是白色[1]，而是極度接近黑色的灰色。」

「再怎麼接近黑色都好，只要不是黑色就行。那小子是會長的兒子，可不能讓他因違反《槍砲法》這種小家子氣的罪名被送進苦窯。」

山崎臉上帶著三分歉疚。被告號稱會長的兒子，行徑卻無異於不入流的地痞混混。從山崎的態度，感覺得出被告雖然是自己人，但他深以為恥。

「你負責監督大少爺？」

「不必說得這麼好聽，我只是負責收拾他的爛攤子。」山崎誇張地歎一口氣。

山崎岳海，黑道幫派組織「宏龍會」的公關委員長，地位相當於組織內的第三把交椅。儘管他在黑道上算是有頭有臉的人物，外貌完全不像道上兄弟。中等身材、中等體格，白

1 日本警界的術語。白色指清白，黑色指有罪。

襯衫搭樸素的領帶，圓餅臉上帶著三分親切。他說不愛打打殺殺，爬到今天的地位全靠交涉與判斷能力。

御子柴的客戶一向有不少是這類反社會分子。在這些牛鬼蛇神的眼裡，御子柴宛如救星。雖然索取天價的辯護費用，但只要付得出錢，不論什麼客人他都來者不拒。

在御子柴的前科曝光後，奉公守法的委託人紛紛離去。如今肯支付龐大報酬給御子柴的優質客戶，只剩下「宏龍會」。

「律師先生，你還沒吃午餐吧？要不要一起吃？聽說地方法院的地下食堂既美味，菜色又多，而且很便宜。」

「堂堂『宏龍會』的公關委員長，也會到那種地方吃飯？」

「我以前是上班族，經常上食堂吃飯，有些懷念。」

「你不在乎嗎？」

「在乎什麼？」

「看你這身打扮，應該是不希望洩漏身分吧？」

「是啊，這年頭就算吹噓自己是道上兄弟，也得不到任何好處。」

「這個時間，地下食堂裡是司法界的圈內人，而如今除了道上兄弟不會有人想跟我一起吃飯。你不在乎所有檢察官和法官，都記得你是在道上混的？」

「啊……我想起來了，日比谷公園附近有家不錯的餐廳，還是去那裡吧。」

山崎語畢，率先邁開腳步。

御子柴跟隨山崎，走進日比谷公園對面新聞中心十樓的餐廳。這家店有著挑高的半圓形天花板，透過窗戶可遠眺日比谷公園。

服務生一看是山崎，立即將兩人帶到窗邊的座位，顯然山崎是老主顧。

「你常來？」御子柴問。

「算是吧，有時要牽線介紹或開會商談，就會來這裡。」

「有能力來這種店的人，卻想到地下食堂吃飯，是要享受優越感嗎？」

「你指的是，跟當上班族時相比嗎？不、不，沒那回事。我只是很懷念周遭都是受薪階級的環境。」

「這麼聽來，你是厭倦黑道這條路？」

「不，倒也不能這麼說。」山崎不知該如何解釋，顯得有些困擾。「我喜歡現在的生活方式，況且，一旦踏上這條不歸路，不是一句厭倦就能全身而退。我懷念往昔時光的心情……或許可稱為鄉愁吧。」

「鄉愁？沒想到你挺多愁善感。」

「因為我曉得時間無法倒流。律師先生，你不會有這樣的心情嗎？」

時間無法倒流……

這句話觸動御子柴塵封心底的記憶。直到進入醫療少年院，御子柴才醒悟犯下的罪孽有多深。他不斷祈禱，希望時間能倒流至犯案的前一天晚上，甚至願意為此犧牲一切。

然而，御子柴旋即明白這是痴心妄想。自從看開後，御子柴便堅守著如今的信念。

「或許這麼問有些失禮……律師先生不想回到前科還沒在法庭上公開的時候嗎？」

原來他指的是這方面，御子柴暗想。

「譬如，剛剛那個檢察官，簡直把你當成殺父仇人對待。我們道上兄弟早習慣受人唾棄，但像你這樣的菁英分子，心裡很不好受吧？」

「沒什麼大不了。檢察官和同業本來就厭惡我，現在是如此，從前也是如此。倒是你有何感想？」

「感想？你指的是哪件事？」

「此刻，坐在你眼前的是殺人魔。不是服從組織命令的殺手，也不是為了幫派鬥爭殺人，完全是遵循本能。你不害怕嗎？」

「一點都不害怕，我也不曉得為什麼。」

原本御子柴想嚇唬山崎一下，他卻滿不在乎地笑起來。

「律師先生，我不清楚你以前是怎樣的人，但現在的你非常精打細算，應該明白殺了我沒任何好處。」

「你滿有膽識的。」

「不、不，我膽小得很。正因膽小，我會仔細觀察每一個人，確認對方是不是危險分子。只有我這樣的人，才能在戰場上存活。恕我說句老實話，礙於這種理由，你遭委託人和同業疏遠，在我們看來反倒是好事。」

山崎的嘴角再度上揚，但這次是帶有深意的微笑。

終於要切入正題，御子柴心想。

山崎的外貌好似歷經風霜的上班族，雙眸的深處卻燃燒著熾熱的烈火。那不是普通的烈火，而是隨時可能吞噬一切的不穩定火焰。

像山崎這般的男人，絕不會單純基於社交禮節，或為了增進情誼而與人同桌吃飯。他邀請一起用餐，肯定有目的。

「有話就說吧。」

「律師先生，你真是快人快語。那我就單刀直入了，我想請你擔任我們的顧問律師。」

面對意料中的請求，御子柴默不作聲，一句也沒應。俗話說，雄辯是銀、沉默是金，此時更貼切的形容為「沉默是錢」。

「律師先生，我不是看你的前科曝光才提出請求，我們早有打算。你是司法界無人不知、無人不曉的最強律師，由你擔任『宏龍會』的顧問，我們從事企業活動才能高枕無憂……這是我們家老爹的想法。」

企業活動……講得真好聽。

「承蒙會長抬舉，實在備感光榮。」御子柴回道。

「最近愈來愈多律師接不到像樣的工作。律師先生，你想必十分清楚。」

御子柴點點頭，態度帶著幾分自嘲。收入銳減是前科曝光的緣故，但律師業界的蕭條已持續好一段時日。

隨著政府推動司法改革，司法考試的合格者在二〇〇八年攀升至兩千人以上。律師新鮮人的人數當然跟著遽增，偏偏彷彿瞄準此一時機，金融風暴襲來。律師最穩定的收入，並非辯護成功的報酬，而是來自各企業的顧問費用。但企業因金融風暴大受打擊，能夠花在法務部門的經費大幅減少。不僅如此，政府推動司法改革的計畫出現重大誤差，律師人數遽增，訴訟案件卻沒隨之增加。

沒有新客源，舊有的顧問費又遭到刪減，連大型律師事務所也沒多餘的資金僱用其他律師。在這樣的環境下，大批律師新鮮人都找不到棲身之所。

受到打擊的不單是律師新鮮人，許多中高年的律師也因企業景氣不佳，導致收入減少，形成倒閉的骨牌效應。近兩年，漸漸出現年收入不到兩百萬圓的律師，甚至有人發明「窮忙律師」

這種字眼。

御子柴認為，這年頭律師不再是特殊身分。別上律師徽章就不怕沒飯吃的時代已結束。唯有御子柴這種不斷精進自身能力的律師，才能在現今的時代存活下去。

「既然如此，你們怎麼不僱用那些找不到工作的律師？肯定相當便宜。」

「律師先生，你明知故問。那種三流律師幫不上半點忙，而且愈無能的律師愈愛自抬身價，說什麼不願當黑道組織的顧問。坦白告訴你，其實我們前陣子試過幾個，恰巧一些弟兄持有毒品和手槍被抓。原本期待這些律師大顯身手，協助弟兄們對抗檢察官的求刑，最後真是失望透頂。每個都只會懇求法官從輕量刑，簡直像打一開始就舉白旗投降。」

「法院遇上黑道組織成員，量刑會加重三成，也怪不得他們。」

「律師先生，換成你就不同了。」山崎湊過來。「聽到今天的判決結果，我更確信你不是普通律師。只要能僱用你，付出三倍的律師費用也值得。」

「你結論下得太早，審判尚未定讞，檢察官很可能會上訴。」

「律師先生繼續幫忙我們，絕不會有問題。」

山崎凝視著御子柴，似乎在催促答覆。那充滿親和力的容貌令人不禁想卸下心防，但一對炯炯有神的瞳眸透著危險的光芒。

「給我一點時間考慮。」

御子柴說出預想好的答案。反正沒有立即回答的急迫性，談判桌上占優勢的永遠是吊胃口的一方。

「你不想先聽聽顧問費的金額嗎？有什麼需要再三考慮的理由？難道你也認為，當黑道組織的專屬律師會沒面子？」

「我才不管什麼黑道白道，何況我現在的處境也沒辦法東挑西選。」

「不然是為什麼？」

「凡事慎重點總是沒壞處。」

服務生恰恰在此時端上料理。御子柴避開山崎的視線，拿起叉子，接著道：

「世上有兩句至理名言，一句是『欲速則不達』，另一句是『弄巧成拙』。」

與山崎分別後，御子柴回到事務所。如今御子柴開的車子仍是賓士，但事務所換了地點。自日比谷公園出發後經過皇居，車子沿著本鄉大道持續北上。從前事務所位於虎之門，剛好是在反方向。

在小川町右轉，朝不忍池的方向行駛片刻，繼續沿著昭和大道北上。經過荒川，映入眼簾的是最近終於逐漸熟悉的景色。

這一帶屬於葛飾區小菅二丁目，新事務所就在保健中心附近一棟綜合商業大樓內。

這裡距離法院所在的霞之關頗遠，街上景色也與從前的事務所地點相差甚大。御子柴選擇此處，最大的理由是租金便宜。綾瀨一帶因重新開發和新居民移入，地價有飆升的趨勢，但這一帶仍保有老街的風貌，地價在東京二十三區內是數一數二的便宜。而且，與東京看守所很近，要會見遭羈押的被告客戶相當方便。

之所以遷移事務所，最主要的原因是遭到客戶解除顧問契約。御子柴的前科曝光後，作風保守的企業紛紛要求解除合約，轉眼之間，御子柴連支付一年一千兩百萬圓的事務所租金都有困難。放棄法院近在咫尺的絕佳環境固然可惜，但御子柴沒有選擇的餘地。

新辦公室所在的大樓相當老舊。部分牆壁褪色，電梯只能承載五人，天花板微微泛黑，開關門時的聲響頗為刺耳。

掛著事務所招牌的門板，表面似乎有些濕潤。

一開門，坐在裡頭的日下部洋子立即轉頭打了聲招呼。

「早安。」

「今天又被寫了什麼？」

「咦……」

「門板有擦拭過的痕跡，一定是遭人塗鴉吧？同樣的把戲玩這麼多次，對方還真不膩。」

這並非譏諷，御子柴是真的由衷佩服。

事務所搬來的第三天起，不時有人在門板上塗鴉。多半是附近居民看到一樓的樓層告示牌，得知這是御子柴的事務所，加上從報章雜誌得知御子柴的前科，於是趁深夜至凌晨之際偷偷在門上寫字。御子柴親眼看過三次，門上的字分別為「屍體郵差」、「殺人律師」及「快以死謝罪」。

三次的字跡相似，約莫出自同一人之手。對方應該與御子柴當年犯下的案子無關，卻一副不肯善罷干休的態度。

這就是所謂抱持「正義感」的一般市民。不管是不是當事人，不管經過多少年，只要違反「公序良俗」的事，全大肆攻擊，不徹底抹除不罷休。說穿了，僅是情緒化的行為，毫無理性可言。比起這些「良民」，黑道分子容易相處得多。御子柴不在乎黑道白道，並非場面話。

「每天工作之餘還得清除塗鴉，真是辛苦妳了。」

「跟以前比起來好太多……」

洋子察覺失言，趕緊閉上嘴。

跟以前比起來好太多─意思十分明顯。顧問契約不斷遭到解除，又沒有新客戶上門，身為事務員的洋子當然不再像以前那麼忙。

「對……對了，判決結果如何？」洋子問。

「有期徒刑二年六個月，緩刑五年。」

「這麼說來，我們又贏了？」

「是啊，委託辯護的黑道人物把我捧上天，問我願不願意擔任他們組織的顧問律師。」

「您答應了？」

「妳在說什麼傻話？」

聽見御子柴這麼反問，洋子臉上頓時浮現笑容，但御子柴的下一句話立即讓她大失所望。

「我當然沒馬上答應。先吊吊胃口，他們才會提高顧問費。不過，遲遲不答應，他們可能會改變心意，這就像是一場心理戰。」

洋子的眼神霎時充滿責備之色。

「瞧瞧這窮酸的事務所，我能不答應嗎？」御子柴補一句。

洋子突然走向自己的辦公桌，拿起一份報紙返回。

「老闆，不妨試著參加。」

洋子委婉地遞出報紙。御子柴一看，原來是《日本律師聯合會報》。最下方有一排文字，洋子以螢光筆圈了起來。

「招募　新宿區公所將於三月二十日舉辦消費者諮詢會。有興趣參加的會員請洽新宿區公所區民課　03-3265-00××」

名義上是消費者諮詢會，其實諮詢的內容絕大部分與借貸有關。區公所基於服務居民的立場，每隔一段期間就會舉辦這樣的活動，居民可免費參加。指導員大多是生活規畫師、律師或代書。區公所會給參加的指導員一筆謝禮，但比起律師本來的諮詢行情，根本是九牛一毛。

即使如此，依然有許多律師願意參加這樣的活動，主要是能開發新客源。這些律師在諮詢會上從頭到尾含糊應對，避免提供最妥善的建議，等對方打算起身離開時，才遞出名片，補上一句「假如需要進一步協助，請與我聯絡」。過一陣子，對方若乖乖來到事務所，自然會成為新客戶。

「好懷念啊。當初開私人事務所時，常參加這種活動開拓客源。」御子柴伸出手指，往招募文宣一彈：「妳的意思是要我從頭來過？就算不幹這種像釣魚一樣的事，我也付得出薪水，妳的好意我心領了。」

這麼一酸，洋子旋即垂下頭。

「對不起，是我自作聰明……」

「不必道歉。」

御子柴遞還報紙，洋子怯怯接下。從旁看來，洋子是一片好意，但在御子柴眼中只是出了個餿主意。別的不提，如今他的容貌和前科早就傳開，參加這種諮詢會，多半會遇上冷嘲熱諷的好事分子，或身上暗藏武器的正義之士。約莫是洋子的心地太善良，才沒考慮到這個環節吧。洋子是優秀的事務員，但善良的個性和御子柴法律事務所格格不入。

驀然間，御子柴的腦海冒出一個疑問。

「妳為什麼要待在這裡？」

「咦？」

「遷移事務所時，我曾向妳提議。谷崎律師最近恰巧在找一名優秀的事務員，我可以把妳介紹給他。到谷崎律師的事務所上班，薪水應該不會比較少。」

「事務所不需要我……？」

「不是那個意思。我只是不瞭解，妳繼續留下有什麼好處。」

「最大的好處是有份工作。」

「不，我的意思是，妳待在這裡的壞處大於好處。」御子柴湊過去。「我殺過人，妳不怕我嗎？」

以為洋子多少會有些驚恐，不料她竟不為所動。

「殺過人又怎樣？」

「什麼？」

「我們的委託人不少都殺過人，我看多了。」

御子柴一時有些摸不著頭緒。

「為何妳看得這麼開？」

「比起這一點，更重要的是我剛剛的問題。您認為事務所不需要我？」

洋子的口氣相當認真，御子柴納悶不已。

這女人到底怎麼了？

朝夕相處的老闆，是個有殺害女童前科的男人，為何她毫不在乎，只關心自己的工作價值？

御子柴難得有些不知所措。

「我需要一個事務員……」

「既然如此，應該沒有任何問題才對。」

洋子氣定神閒地轉身回座。真是捉摸不透的女人。御子柴懷著一股說不出的古怪心情，走向辦公桌。一疊報紙整齊放在桌上。今天一大早就趕到法院，還沒時間瀏覽。

看報紙是御子柴每天的例行公事，因為從報紙上能挖掘出許多潛在客源。不幸、不滿、不睦……有悲劇的地方，就有律師的賺錢機會。

自從內閣政府祭出新的經濟政策，景氣有回溫的趨勢，財經界也沒爆發重大弊端。每當事情一帆風順，一切看起來都會是如此美好，就算有什麼負面的徵兆，也會隱藏在光環下而難以察覺。依現況來看，最可能發生的問題是職場環境的惡化，但要爆發訴訟紛爭，還需要一段時間的醞釀。

翻到社會版時，一則小小的報導吸引御子柴的目光。

「本月四日，警方接獲報案，位於埼玉縣川口市的公立安養院『伯樂園』有職員遭住院老人殺害。警察趕到現場時，發現任職於院內的看護師栃野守（四十六歲）倒臥在地。栃野的頭部有遭鈍器重擊的痕跡，警方將當時在現場的入住者稻見武雄（七十五歲）依殺人罪嫌逮捕。栃野在警方趕到時已無生命跡象，嫌犯稻見坦承以鈍器毆打死者。根據內部人士透露，嫌犯供稱『栃野原本在照顧我，但過程中發生口角，我一時氣憤，拿凶器毆打對方』。」

御子柴幾乎不敢相信自己的眼睛。

怎麼會有這種事……

伯樂園……

稻見武雄……

御子柴反覆確認好幾遍這個名字。

並非同名同姓。因殺人罪嫌而遭逮捕的嫌犯，正是他認識的稻見武雄。

一時之間，御子柴滿腦子只想著「不可能」。當初進入關東醫療少年院時，稻見擔任他的指導教官。這個人不苟言笑，而且性格粗魯，卻教會御子柴贖罪的意義。多虧稻見，御子柴才能窺見人生中的一絲曙光。

驀然間，稻見粗厚的眉毛及尾端下垂的雙眸，在御子柴的腦海浮現。雖然長得有點像鬥牛犬，但笑起來有種說不出的可愛。

稻見殺人？實在難以置信。

一回過神，御子柴已從椅子上站起。

「我出去一趟。」

3

車子還沒抵達川口警署，御子柴已開始後悔。不過，並非後悔決定替稻見辯護，而是後悔沒做任何準備就動身前往與稻見會面。

按照平日的做法，應該先大致釐清案情，擬定辯護方針。例如，細讀搜查紀錄，找出警方辦案上的瑕疵。這樣才符合御子柴的辯護風格。

然而，這次御子柴讀了新聞報導，就迫不及待地衝出事務所，犯下當初他對山崎說的大忌——欲速則不達。

保持冷靜！平常的自己不斷提出警告。

先蒐集消息，報紙上寫的內容不代表一切。

謹慎評估即將面對的人，現在的稻見或許不再是你熟悉的稻見。

畢竟與稻見多年未見，加上稻見年事已高，可能罹患失智症。果真如此，可將訴求重點放在偶發性的過失致死。

另一方面，御子柴卻又感到一股激烈的情緒，逼自己不得不採取行動。

總之，盡快出手干預這件事。先設法把這個案子攬過來，細節慢慢再想。沒有比這個案子更重要的！

冷靜與衝動。御子柴帶著兩股完全相反的情緒，趕往川口警署。

一踏進川口警署，御子柴立即表明身分。只要說出自己是嫌犯的指定律師，要求與嫌犯會面，警察一定沒辦法拒絕。等見到稻見本人，再要他寫下律師委任狀就行。這是御子柴準備採取的策略。

不料，御子柴一開始就碰了壁。

表明身分後，他在等候室裡焦急等待約十五分鐘，一個自稱姓菅山的年輕刑警走過來。

菅山瞥一眼手上的名片，便揉成一團。

從這一舉動看來，菅山刑警想必知道御子柴的前科。當面揉爛名片相當失禮，但比破口大罵要有紳士風度。

御子柴不是第一次遇到這種情況。自從前科曝光，大部分的人面對他的態度都好不到哪裡去。因此，見了菅山刑警的反應，御子柴倒也不以為意。

「『東京律師公會』的御子柴禮司，找嫌犯有什麼事？」

「我是稻見武雄的指定律師，要求與他面談。」

「呵……你是他的指定律師？」

菅山帶著嘲諷重複御子柴的話。御子柴不禁暗暗咂嘴。菅山的態度不是單純的挑釁，而是知道他信口開河。

「既然是指定律師，請出示委任狀。」

「我看到報導急著趕來，沒帶在身上。你可以詢問嫌犯，他一定認得我。」

「不見得吧，就算是指導教官，也不可能記得每個院生的姓名和長相。」

看來，警方已將稻見的背景查得一清二楚。既然稻見曾是醫療少年院的指導教官，與御子柴的關係當然呼之欲出。

「我沒興趣和你閒扯，快讓我見嫌犯。」

「按照正常程序申請，我會讓你們見面。」

「會見律師是嫌犯的權利。」

「只要他打算見你，當然沒問題。」

菅山刻意刁難，不答應御子柴的要求。

若是不清楚御子柴的前科，像菅山這樣的年輕刑警絕不敢擺出如此高傲的態度。

「稻見已老實認罪，你的辯護手法再高明也沒用。他還說願意贖罪，為犯下的罪行付出代價。就算上了法庭，你也無能為力吧。」

「我不需要你的個人見解。」

菅山哼一聲。

「這案子是由你負責？」

「是啊，詢問案情的也是我。」

「既然如此，你應該很清楚，稻見不是會因口角就行凶的人。」

「是啊，跟昔日的『屍體郵差』相比，當然是小巫見大巫。」

「酸言酸語說得夠多了，快讓我和稻見會面！」

御子柴忍不住丟出重話。

沒想到他會脫口說出這種不適當的言詞。若是平常，他只會把閒言閒語當成耳邊風。不知為何，此刻根本無法保持冷靜。

然而，御子柴不打算收回自己的話。此刻低聲下氣，對方會更不把他放在眼裡，要達到目的會益發困難。

「嫌犯想見律師，警察卻刻意阻攔，你恐怕會為自己惹上麻煩。」

雖然有殺人前科，但以律師身分威脅依然有效。菅山故意誇張地咂嘴，轉身消失在走廊的盡頭。

終於能與稻見面對面……想到這一點，御子柴頓時湧起一股懷舊之情。

距離上次見面已過二十五年。當時，稻見告訴御子柴，他會半身不遂全是御子柴的錯，要御子柴負起責任。所謂的負責，指的就是不斷贖罪，連逝者的份一起努力活下去。

當時稻見這番話，不僅撼動御子柴的心，甚至成為御子柴的行動準則。然而，除了稻見進入「伯樂園」時匿名寄送一筆錢，他幾乎找不到報答的機會。若這次能援救稻見，才真正算是報恩。

想到這裡，御子柴忽然心生疑竇。不管是新聞報導或菅山，都提到稻見坦承犯罪。但如同御子柴剛剛對菅山所言，稻見不是會衝動行凶的人。

另外，還有一點值得懷疑，就是稻見與受害者栃野的年紀相差太大。稻見七十五歲，栃野只有四十六歲。何況，稻見行動不便，平日生活必須仰賴輪椅。一個半身不遂的七十五歲老人，要怎麼將四十六歲的看護師毆打致死？

總之，目前掌握的資訊太少，得和稻見詳談過再來好好思考。

不久，菅山從走廊另一頭走過來。御子柴上前一步，以為終於能與稻見會面，但一看菅山的神情，心中登時掠過一抹不安。

菅山臉上帶著若有似無的微笑。

「嫌犯拒絕見你。」

御子柴一愣，「你真的問過他？」

「你這麼說實在失禮。我可是確實報上律師御子柴禮司的大名，稻見堅定表示『我不想見他』。」

怎會有這種事？

難道稻見忘了他的名字？

「保險起見，我特意提到『屍體郵差』這個綽號。他還記得你，只是不想見你。」

菅山臉上的微笑逐漸轉為冷笑。

很顯然地，他認為御子柴是連恩人也不肯相見的悲哀律師。

「對了，有一點我忘了提，稻見已有律師。」

不是忘了，而是剛剛故意瞞著不說。

「嫌犯的指定律師？是哪一位？」

「不是指定律師，是公設[2]。『第一東京律師公會』的敦賀真樹夫律師。」

第一東京的敦賀……雖然沒見過本人，但聽過這個名字。

所謂的公設律師，是由各律師公會以輪替的方式選定。說得難聽點，只是例行性的義務工作，政府支付的辯護費用少得可憐，有些律師往往抱持敷衍了事的心態。御子柴暗想，既然是公設律師，施點小手段就行。

「等等，昨天才逮捕，今天就有公設律師？」

「稻見提出要求，律師公會馬上就替他安排，真不曉得是運氣好還是運氣差。」

御子柴沒義務繼續忍受菅山膚淺的正義感，不發一語地轉身離開川口警署。

各地的律師公會大多僅有一個，但東京的律師公會多達三個。並非東京的律師特別多，而是源自公會內部的幹部選舉造成律師之間的對立。首先是「東京律師公會」的大老，不滿年輕勢力抬頭集體退會，另組織「第一東京律師公會」。之後，有些人希望推動兩會重新合一，為了擔任居中協調的工作各自退會，共組「第二東京律師公會」。

這段分裂的歷史可溯及大正時代[3]，並非最近才發生。但如同其他領域的派系鬥爭，至今對立的局面仍沒太大變化。不僅如此，各會都繼承分裂當時的會內風氣。舉例來說，「東京律師公會」的風氣偏向革新，「第一東京律師公會」趨於保守，「第二東京律師公會」則採中庸之道。此外，「第一東京律師公會」的保守性格有著依附權力的特徵，所屬律師大多曾是檢察官。

敦賀真樹夫也不例外，當過檢察官，也就是所謂的「棄檢派」。由於所屬公會不同，御子柴不曾與他見面，但聽過他的風評。

2 原文為「国選」，指的是被告無力延請律師，由法院代為指定公設辯護人的情況。
3 大正天皇在位期間（一九一二～一九二六）的年號，在明治與昭和之間。

敦賀是一板一眼的理論派律師，辯護採取的立場也是法理的解釋優先於委託人的利益，與御子柴恰恰相反。

敦賀法律事務所位於御茶水，鄰近順天堂大學。這一帶聚集不少學校和補習班，儼然是條學生街。因為學生居多，房租較為便宜。敦賀將事務所設在這種地方，可能是不拘泥於門面，也可能是跟御子柴一樣有經濟上的考量。

敦賀答應與御子柴見面。不管敦賀對御子柴抱持何種印象，至少對方願意見他，可說是成功的第一步。

事務所位在某綜合商業大樓的二樓。玻璃門一打開，正前方坐著一名女事務員，有如服務櫃檯小姐。

御子柴報上姓名與來意，對方的雙眸頓時流露驚恐之色。最近已習慣這樣的反應，但他仍不禁暗想，妳任職於法律事務所，難道從沒見過有凶殺前科的人？

對方刻意與御子柴保持極遠的距離，將他帶進會客室。見對方如此害怕，御子柴不由得感慨自己果然異於常人。

不一會，敦賀走進來。這個人的年紀接近七十歲，戴著一副無框眼鏡，鏡片後是充滿猜疑的目光。御子柴心想，果然是典型的「棄檢派」律師，有著不輕易相信人的疑神疑鬼個性。不過，畢竟他的身分特殊，倒也不能全怪對方。

「久等了，你就是御子柴律師嗎？我聽過你的傳聞。」

「肯定不是什麼好的傳聞吧？」

「聽說你的勝訴率超過九成，是個手腕高明的律師。雖然客戶偏向某些特定族群，但也沒什麼大不了。」

短短兩句交談，御子柴已能確認一件事──敦賀是把所有心思都寫在臉上的男人。雖然不像剛剛的女事務員那麼誇張，但緊蹙的雙眉明顯流露厭惡。還有，敦賀很不會說客套話。明明在稱讚眼前的訪客，卻不帶一絲虛情假意的笑。

跟這種人深入交談，只是浪費時間。御子柴單刀直入地問：

「敦賀律師，你最近接下一件嫌犯姓稻見的辯護案吧。」

「是啊，你怎麼知道？」

「有一點我百思不解。那是發生在川口市的案子，怎會由設籍於『第一東京律師公會』的敦賀律師負責？」

「我也十分納悶，但既然輪到我，總不能拒絕。川口分會只有二十幾個律師，負責公設辯護案的人手大概不夠……為何突然問起這件案子？」

「希望你將這件案子的辯護工作轉讓給我。」

敦賀深深注視著御子柴，似乎想看穿他的意圖。

「我不太明白你怎會提出這樣的要求。想必你也知道，這是公設的案子，你應該不會感興趣。」

「你曉得嫌犯稻見武雄從前的職業嗎？」

「記得是醫療少年院的指導教官……啊，原來如此。」敦賀恍然大悟，點點頭：「嫌犯是你認識的人，你想親自替對方辯護，是嗎？」

「是的，懇請轉讓給我。這案子還沒開始審理，你也還沒和嫌犯見過面吧？當然，我不會要你白白答應。這個案子的辯護費用，我會支付給你。」

這一瞬間，敦賀的表情從厭惡轉為蔑視。

「看來，你似乎對我有些誤解。」敦賀微微挺起胸膛。「我好歹是律師，既然接下案子，就不能隨便推給別人。」

「請務必通融，謝禮方面……」

「這不是錢的問題，是信用與職業道德的問題。」

信用與職業道德……

這正是墨守舊規、一輩子循規蹈矩的人最喜歡的字眼。

「職業道德？真令我汗顏。不過，容我請教，敦賀律師打算怎麼為稻見辯護？」

「嗯？辯護方針尚未決定，畢竟我只聽過案件的梗概，還沒和委託人談過。」

「川口署的刑警說，嫌犯已全面認罪。」
「我也聽說了。」
「既然是自白案件，辯護重點會放在量刑的輕重？」
「當然。」
「評估檢察官的求刑是否不當、委託人的犯行情狀是否構成減刑的條件，及受害者本身有無過失？」
「大概就是從這幾點下手吧……」
「關於《律師法》第一條『律師以保障人權、實現社會正義為使命』，你有什麼見解？」
「有什麼見解？還用問嗎？這是身為律師的金科玉律。」
「即使辯護結果損及委託人的利益，也在所不惜？」
「當然，法律的存在價值是維護社會秩序，不是維護委託人的利益。」
敦賀的回答沒有絲毫遲疑。比起委託人的利益，他更在乎是否實現社會正義。這是從前身為檢察官的信念，卻也侷限如今他身為律師的視野。
「非常崇高的理想，但委託人會認同嗎？」
「不認同也得認同。律師只能在法律的界線內維護委託人的利益，這是理所當然的。可惜，有些貪贓枉法的律師，會為錢跨越那道界線。」

隨著談話的展開，敦賀虛偽的面具逐漸剝落，口吻益發不客氣。看來，這個人不擅長掩飾情感與心聲，實在不適合當律師。

「但有些人單靠法律是拯救不了的。」

「這種人打一開始就沒救。好比，明明罪孽深重卻沒受到法律制裁，這是一體兩面的事。法網再細密，畢竟是人為打造，總會有漏網之魚。」

「你不認為，應該給這樣的人一點機會嗎？」

「說夠了沒？」敦賀高傲地斥責：「剛剛忍著聽你說，你居然如此大言不慚，彷彿你有辦法讓嫌犯稻見獲判無罪。」

「沒錯，由我來辯護，能提供他最大的幫助。」

「最大的幫助？看來，你也不敢保證他能無罪開釋。」

「在釐清案情前，妄下定論只會惹來恥笑。姑且不論能否無罪開釋，我的辯護絕不會讓他失望。」

「真有自信。」

「我的實績足以證明。」

「那是你的前科還沒曝光的事。儘管你待過醫療少年院，名義上已更生，但誰會聽一個有那種前科的人提出的論點？不管是法官或被告，都有情緒性的一面。」

敦賀一副勝利者的姿態，繼續道：

「這麼說有些失禮，但法庭上有幾個人願意承認你是律師？『屍體郵差』在社會大眾眼中留下的印象，並非單靠律師頭銜和實績便能掩蓋。你再能言善道，法官和裁判員心底都認定你是窮凶極惡的壞蛋。」

這句話的「法官」應該替換成「敦賀」，御子柴暗想。這個視野狹窄的男人，先入為主地評斷御子柴，認為自身的評價與價值觀能代表整個社會，並且深信不疑。

「恕我直言，即使前科沒曝光，我的風評也沒好過。同業律師、檢察官和法官，始終視我為眼中釘。然而，我在法庭上仍屢屢獲勝。」

「所以，你認為這次也能贏，能維護被告的權利？」

「就算在法庭上，有人拿從前的事批判我，把我罵得狗血淋頭，都與被告無關。被告只需要在乎判決的結果。」

敦賀上下打量御子柴，似乎在評估御子柴有多少斤兩。

「總之，你希望我讓出這件案子？」

「請務必答應。」

「我拒絕。」

御子柴目不轉睛地凝視敦賀。

或許是過於傲慢，也或許是心胸過於狹隘，敦賀表情僵硬，毫不從容。要將這種不擅談判的對手拉上談判桌，唯有採取恫嚇或激將法。

這麼一來，只能改變進攻策略。

「敦賀律師，剛剛你已猜到，這件案子的嫌犯曾是我的指導教官。如同你說的，這不是錢的問題。」

「你想救恩師？真是感人。」

「你對感人的故事沒興趣？」

「不見得，得看這故事有多少真實性。」敦賀譏諷道。

「什麼意思？」

「你口才這麼好，既然能幫助被告，當然也能反過來陷害被告。例如，故意說一些不利被告的話，導致被告失去減刑的機會，甚至加重刑罰。若這次採裁判員制度[4]，恐怕大部分的裁判員，都不會相信曾是『屍體郵差』的律師，也會心生厭惡吧。若要蓄意陷辯方於不利，破壞被告的形象，沒有比這更合適的詭計。你說想拯救恩師，只是片面之詞。搞不好你在少年院裡，遭受指導教官體罰或欺凌，認為這是將嘗過的屈辱與痛苦加倍奉還的良機，我不能眼睜睜放任這種狀況發生。」

敦賀的顧慮不無道理，御子柴內心有幾分佩服。

「一來，我不能隨便丟下承接的案子。二來，我不相信你。抱歉，我拒絕這個請求。」

「無論如何都不答應？」

「跟傳聞一樣，你真是死纏爛打。坦白講，我根本不相信你的為人。就算要轉手，也不會選你。如果交給你，等於陷害被告。想必被告也不希望由你這樣的律師為他辯護吧。好了，請你離開吧。或許你很閒，但我忙得很。」

丟下這句話，敦賀從椅子上起身。

主人下了逐客令，當然不能賴著不走。反正再談下去也不會有進展，御子柴跟著站起。

「假如真的關心你的教官，建議你什麼都別做，靜靜等判決結果出爐。他是我的委託人，我會盡全力幫他。」

「所謂的盡全力，指的是在費用的對價範圍內吧？」

「你說什麼？」

「剛剛你提到，不論是援救或制裁，在法律上都有界線，那是因為你的腦袋裡只有法律，不肯承認法律以外的方針及規範。」

4 「裁判員制度」指的是讓一般民眾以裁判員身分參與重大案件審判的司法制度，在日本於二〇〇九年施行，類似台灣的「國民法官」制度，但細部規定方面仍有差異。

「在胡扯什麼……」

你當然聽不懂。

御子柴走向門口，一邊暗想著。

像你們這種永遠只看到罪人們犯錯、逃避及撒謊的人，絕不會明白這個道理。

你們無法體會，得不到救贖有多麼殘酷。

你們無法明白，得不到制裁有多麼煎熬。

4

御子柴指定的見面地點，正是昨天那家餐廳。坐在眼前的山崎不曉得今天見面的目的，卻滿臉期待。

「你似乎心情不錯。」御子柴開口。

「昨天的提議，你願意答應，我的心情當然不錯。」

「我什麼都還沒說。」

「看你的表情就明白了。」

御子柴一聽，不禁有些詫異。即使在日常生活中，御子柴仍經常提醒自己別把情緒顯露在臉上。這是法庭攻防上不可或缺的技術。多虧平素的練習，御子柴維持撲克臉相當有自信。認識不久，山崎竟能看穿他的想法，他頗為驚訝。

「哈哈，我猜出你的想法，你似乎感到很不可思議？放心，在我見過的人當中，律師先生是最難捉摸的。」

「可是，你還是看穿了。」

「是啊，只要看一個人的臉，我就知道對方在想什麼，算是一種特技吧。說起來，我也僅有這個長處。雖然在道上混，但我不會打架又沒膽識。若不是擁有看人的眼力，先下手為強，早就混不下去。我在書上讀過，古代的長頸鹿有脖子短的品種，由於脖子長的品種能吃到樹上的葉子，最後在生存競爭中存活。」

「你自認是長脖子品種？」

「脖子長的長頸鹿雖然在生物學上占了優勢，在當時卻算是稀有動物，就跟我是人群中的異類一樣。」

「不是吧。」

「什麼？」

「你並非從我的表情，看穿我的想法，只是進行簡單的推理。如果我要拒絕，打一通電話就行，既然約在外頭見面，應該會答應。你故意不說推理，而說看出我的想法，目的是讓我相信你有這種特殊能力。一旦我認為你有這種能力，這輩子就不會對你撒謊。」

山崎尷尬地搔搔腦袋，彷彿惡作劇被發現的孩子。

「果然對律師先生不管用……我這麼說，大部分的人都會聽得一愣一愣的。無所謂，至少你願意答應我的請求……這一點總不會有錯吧？」

「我有條件。」

「哦，我就知道你會這麼說。依你的個性，怎麼可能不開條件？好，我明白了。除了顧問費用之外，每次勝訴會付你額外的報酬。而且，只有在幹部級人物遭到起訴時，才會勞煩你到場協助或出庭辯護，這樣可以嗎？」

「若有需要，就算對象只是小弟，我也願意出庭，沒必要以階級劃分。」

「咦？」

御子柴豎起食指，「一年。顧問契約以一年為期，每年必須重新簽約。」

「噢……重新簽約當然沒問題，但間隔會不會太短？」

「雙方都屬於反社會勢力，能不能長久合作得看時勢。像是傭兵的僱用契約也都是短期。」

「你自比為傭兵？好吧，反正我們沒損失，我答應你。」

「還有一個條件。基於你們的組織特性，我想請你們幫個忙。」

「組織特性？你想要我們幫什麼忙？」

「希望你們嚇一嚇某個律師。」

「能不能說得具體點……？」

「對方名叫敦賀真樹夫，事務所在御茶水。他擔任一起發生在川口市的案子的公設辯護律師，若能讓他放棄這起案子就太感激了。」

「川口市……啊，是安養院的老人殺害看護師的案子？那能挖得出錢嗎？一個住在安養院的老人，財產很有限吧，不然不會安排公設律師。」

「細節必須保密，不能告訴你。」
「我懂了。不過要嚇唬人，我們自有一套辦法，你不介意吧？」
「不要施加肉體上的暴力，讓他不願意繼續承辦此案就好。」
依敦賀的態度判斷，他拒絕的理由完全是曾身為檢察官的偏見與猥瑣的自負，絕非正義感。這種程度的信念，派幾個流氓威脅一下，馬上會徹底粉碎。
「不施加暴力，事情也好辦得多。」山崎回答。
「暴力不是你們的拿手好戲嗎？」
「黑道的拿手好戲，是威脅和裝腔作勢。這陣子，一旦犯下傷害罪，後續處理起來非常麻煩，搞得我們連對同業也不太敢真的動手。好，我明白了，不會傷他一根寒毛。」
「順帶一提，對方是檢察官出身的『棄檢派』律師。」
「哦，他當了很久的檢察官嗎？」
「退休才改行當律師。」
「待到退休？真是少見，大部分的『棄檢派』，都是任期還沒結束就離職……對了，他的事務所在御茶水？既然挑在那種房租便宜的地方……」
山崎仰頭望向斜上方，一邊思索著，一邊低喃：
「看來是沒什麼希望……」

「什麼意思？」

「是這樣的，我們預定請御子柴律師負責為幹部級人物辯護，幹部級以下的成員則僱用其他律師。既然他是『棄檢派』律師，跟現任的檢察官應該有些交情。」

原來他想挖腳敦賀當組織的顧問律師。

離職檢察官擔任黑道組織的顧問律師雖然罕見，倒不是毫無前例。與「宏龍會」齊名的「山城組」，僱用的律師也是檢察官出身。優點如同山崎所說，這類律師在檢調界擁有人脈，而且熟悉檢察官的偵辦手法，可大幅強化組織的防衛能力。不過，「山城組」的顧問律師最後也被關進牢裡。

「可是，從御子柴律師的話聽起來，敦賀似乎沒什麼大不了。從前多半是庸庸碌碌的檢察官，不然就是犯錯被打入冷宮。」

「提不起你的興趣？」

「這種三流的檢察官，約莫沒什麼人脈可言。除非是當過檢察長或特搜部的王牌，否則大概派不上用場。」

「條件真嚴苛。」

「不論警察或檢察官都一樣，平日能耀武揚威，全仰賴背後的強大公權力。私下往來，他們總是高傲得讓人難以忍受。然而，一旦失去公權力的庇護，他們馬上會變得膽小如鼠。這種貨色頂多坐坐辦公室，沒辦法在黑社會活下去。」

要是聽到這番評論，敦賀不知會作何感想？

「最後，還有一件事。」

「咦，還有？」山崎一愣。

「聽說『宏龍會』不僅消息靈通，而且準確度極高。」

「謝謝誇獎。」

「身為公關委員長，你怎麼評價自家組織的情蒐能力？」

「在御子柴律師的面前，不敢班門弄斧。你也知道，談判能不能成功，有八成取決於事前的調查與打探消息。要是無法以大量又正確的消息令對手心服口服，我的小命可能會不保。目前看來，這方面應該有八十分吧。」

「希望你運用最自豪的打探能力，幫忙查一件事。剛剛提到的川口市的案子，原本應該由轄區的『埼玉縣律師公會』本部負責指派公設律師，不知為何卻轉到『第一東京律師公會』。我想瞭解背後的來龍去脈。」

「調查是沒問題。不過，律師公會內部的事，御子柴律師自行調查不是可信度更高嗎？」

「我和敦賀律師隸屬於不同公會，加上最近我在律師公會裡的立場有些尷尬。」

當然，這只是藉口。山崎提供的消息，御子柴不打算囫圇吞棗，全盤採信。他會同時在律師公會內打探消息，與山崎回報的結果互相印證。

川口分會轄下的律師較少，公設律師不足也是事實，但大可向越谷或川越等其他分會請求支援。這次的案子，短時間內迅速轉手至「第一東京律師公會」，實在不尋常。

山崎打量御子柴片刻，似乎明白不可能看穿御子柴的內心，聳聳肩應道：

「三個條件我全答應，至於請你擔任顧問的契約書……」

「我帶來了。」御子柴從公事包中取出一疊文件，放在山崎面前。這是今天早上，洋子板著臉製作的顧問契約書。山崎隨手翻了翻，輕輕點頭：

「真有效率。那麼，我這邊也會盡快處理。」

自「屍體郵差」的前科曝光後，御子柴原本就敬而遠之的谷崎事務所，變得更難以靠近。只是，如今四面楚歌，谷崎是少數的消息來源之一。況且，谷崎是「東京律師公會」的前任會長，消息的質量是其他來源比不上的。即使很可能會吃閉門羹，仍值得前往一試。

沒想到，在谷崎事務所一報上姓名，馬上獲得會面的許可，御子柴反倒頗為吃驚。那個長得像貓頭鷹的老人到底在想什麼，真是捉摸不透。

在會客室等候片刻，谷崎一派輕鬆地走進來。

「你挺有精神的，我以為會更糟。」

「託谷崎先生的福。」

在這個老人面前，御子柴實在抬不起頭。谷崎曾幫御子柴壓下好幾次懲戒處分，加上那副清濁兼容、豁然大度，又城府極深的威容，御子柴望而生畏。

「聽說你的事務所搬到小菅附近？以會見委託人的便利性來看，確實是理想的地點。」

「高級地段待不下去，只好找小地方窩著。由於我的關係，給谷崎先生添了不少麻煩。」

御子柴的前科一傳開，「東京律師公會」頓時成為眾矢之的。不僅是公會成員，連一般民眾都紛紛向公會提出懲戒御子柴的要求。然而，就算御子柴有殺人前科，總不能以「過去行為有辱律師身分」為由，對御子柴進行懲戒處分。何況，如果編出各種理由強行懲戒，則有漠視更生人的努力，及剝奪應有權利之嫌，可能會弄巧成拙，引來外界的批評聲浪。

谷崎犀利的雙眸瞪著御子柴應道：

「沒錯，你真的給我添了大麻煩。你的前科曝光，害我沒辦法推舉你選會長。」

谷崎居然還在打這種荒唐的主意，御子柴有些哭笑不得。

「如果你只是喜歡單打獨鬥的獨行俠還沒什麼，但你的前科一傳開，我要是推選你當會長，恐怕公會馬上鳥獸散。當然，這樣也挺有趣。」

谷崎露出戲謔的微笑。

「谷崎先生，你在開玩笑吧？」

「一半一半。」

再仔細觀察谷崎的表情，也瞧不出任何端倪。看御子柴一臉困惑，他益發樂不可支。

「對了，你今天來的目的，是想問我安養院一案，為何從川口分會轉到第一東京？」

「是的。」

「理由很簡單。這案子發生的地點是公立安養院，這類機構背後的經營者大多是社會福祉法人。這次，社會福祉法人的理事長直接聯絡『第一東京公會』的幹事，表明希望將案子轉至第一東京。稍微調查兩人的背景就可知道，他們是大學同學，早在學生時代便有私交。當時，川口分會恰巧缺公設律師，既然機構負責人直接提出要求，『埼玉律師公會』也沒理由拒絕。」

「聽來有些蹊蹺。」

「是啊，感覺是不想給不認識的律師負責辯護，確實不太對勁。」

谷崎一臉不悅，接著道：

「在這件案子裡，嫌犯已全盤認罪，公立安養院的職員為受害者，加上為嫌犯辯護的是公設律師，恐怕不會太盡心。」

這番話聽來，谷崎也認為案情不單純。

御子柴暗忖，此刻是把話攤開的好時機。

「要是敦賀律師推掉這件公設辯護案，有沒有可能由我們『東京律師公會』的成員接手？」

「第一東京的派系鬥爭從沒停過，幹部之間互相仇視。不過，會長是個明事理的男人，而且很討厭我剛剛提到的幹部。」

谷崎露出狡獪的微笑。同樣的笑容出現在其他人臉上，勢必會顯得猥瑣，但在谷崎的臉上反倒增添幾分銳氣。

「敦賀有推掉案子的意圖嗎？」谷崎接著問。

「只是有這種可能。如果案子轉到這邊，能不能由我接手？」

「這樣的案子不會有人跟你搶。不過，我想聽聽你搶這件案子的理由。」

「嫌犯是我待在關東醫療少年院時的指導教官。」

「噢……」谷崎臉上的笑意消失，「你想報恩？」

「別說笑了。」

御子柴立刻否認，但要讓谷崎相信恐怕不容易。

「你要不要接受一下心理治療？」

御子柴一聽，霎時愣住。

「什麼意思……？」

「從上次的案子到這件案子，我看出你雖然不至於有輕生的念頭，但似乎老愛幹一些傷害自己的事。當然，我指的不是肉體上的傷害。」

「谷崎先生，你真風趣。」

御子柴想笑著否認，卻發現嘴角不聽使喚。

「聽過白鶴報恩的故事嗎？」

「白鶴以自己的羽毛織布的寓言故事？為何突然提起？」

「我常常在想，白鶴拔自己羽毛織出的布極美，能在京都賣到好價錢。老夫婦有了錢非常開心，白鶴只得不斷織布，最後把自己累垮，外貌憔悴不堪……假如眾人厭惡白鶴以羽毛織出的布，又會怎樣？假如那些布的顏色太噁心，根本賣不掉呢？白鶴唯一能報恩的方式就是拔下羽毛織成布，萬一這些布沒人要，白鶴還會繼續織下去嗎？」

守信用，是在工作上獲得信賴的基本原則。在這一點上，山崎實在是值得信賴的合作夥伴。向山崎尋求協助的兩天後，御子柴便接到敦賀的會面要求。敦賀單方面告知時間和地點，口氣相當差，顯然山崎的介入發揮了效果。

敦賀指定的會面地點，是JR御茶水站附近的速食店。由於是上班日的下午，坐在二樓吸菸區的客人寥寥可數。光從敦賀選擇在此見面，便可推測出他的心情。想必他既不想讓御子柴這個混蛋踏進自己的事務所，也不願意到御子柴的事務所登門拜訪吧。

御子柴來到店內，只見敦賀雙手交抱胸前，坐在最深處的座位。

「久等了。」
御子柴在敦賀的對面坐下，敦賀將一張紙重重甩在桌上。
「這是你希望的解任通知書的影本，我剛剛將正本送到法院了。」
御子柴瞥一眼，確認內容無誤。
「你真是最下三濫的律師。」
不等御子柴確認完畢，敦賀破口大罵。
「俗話說狗改不了吃屎，你那些卑劣招數是在醫療少年院裡學到的吧？」
確實，御子柴在少年院裡學到不少卑劣招數，那些都是同伴送給他的貴重遺產。
「具體的指示也是你親自下的？」
「指示？我不曉得你在說什麼。」
「少裝傻！家裡收到要我放棄這件案子的傳真，我女兒在大學裡遇到形跡可疑的男人，老婆出門時遇到一臉凶相的男人搭話，全是你安排的吧？」
原來這就是山崎的手法，御子柴暗想。只是收到匿名傳真、可疑人物在大學附近閒晃，及走在路上遭人搭訕，報警也沒用。
「原以為你雖然有前科，至少有身為律師最基本的良知，沒想到你竟找黑道威脅我，看來是我太高估你。」

「抱歉，你的指控有證據嗎？」

御子柴平淡地問。敦賀一聽，表情霎時凍結。

「我確實是風評不佳的律師，但若有人毫無證據地誣指我勾結反社會勢力，我不會當成沒聽見。」

敦賀不再開口。這就是檢察官出身者的最大缺點。御子柴以律師慣用的話術恫嚇，他只要以律師慣用話術巧妙閃躲即可。但他沒這麼做，反倒將御子柴的話當真。往昔身為檢察官，一向都是敦賀指責別人，缺乏對抗他人指責的經驗。

「好，既然你有最基本的良知，我要你發誓，絕不再讓那些牛鬼蛇神靠近我的家人。」

「放心，我從未這麼做，以後也不會這麼做。」

「這件事到此結束吧。」

敦賀隨即起身。

「請等一下。」

「你還想幹什麼？」

「我將接手這件案子，好不容易今天見了面，希望你告訴我目前所知的案情。」

「我管不了那麼多。」

「做好業務的交接，不是律師的基本良知之一嗎？」

敦賀一副想翻桌的表情，但他似乎保有不幹傻事的理性，氣呼呼地坐下。

「從逮捕嫌犯至今已過四天，案子移送地檢了吧？」御子柴問。

「嗯。」

「申請羈押了？」

「嫌犯認罪、物證充分，負責的檢察官當然會提出申請。」

警方將嫌犯移送至檢察機關後，負責的檢察官會提出相關文件向法院聲請羈押。第一次羈押為十天，檢察官可聲請延長，最長為二十三天。

這次的案子，由於嫌犯全盤認罪，一連串手續的處理速度快得驚人。現階段律師只能提供一些建議，真正的反擊多半必須等上法庭才能展開。

「負責的檢察官是哪一位？」

「埼玉地檢的矢野檢察官。」矢野檢察官……聽過名字，但不曾在法庭上交手。晚點得確認這個人的資歷和法庭上的戰績。

「你見過嫌犯了嗎？」

「還沒，前天申請羈押後，嫌犯一直在與法官面談，沒機會見到他。」

檢察官提出羈押聲請後，法官會與嫌犯面談，明確告知涉及的犯罪事實，並聽取嫌犯的案情陳述。既然稻見全盤認罪，法官會在最短的時間內判決羈押。無論如何，必須在羈押期間與稻見碰上一面，提醒他別說出對自己不利的供詞。筆錄的內容往往會影響法官的自由心證，就算是相同的犯罪事實，法官的主觀認知與是否抱持殺意的判斷也會受紀錄上的用字遣詞影響。

敦賀尚未見到稻見，多半對案情的理解有限。當然，他能向負責的員警詢問案情，但僅僅是一件公設辯護案，依敦賀的性格想必不會這麼費心。換句話說，從敦賀口中問不出任何有用的資訊。

「告辭。」

御子柴一起身，敦賀出聲喊住他。

「最後想問你一句話……用這種接近犯罪的手法搶到案子，縱使是為了報恩，你認為嫌犯會開心嗎？」

「一切以委託人的利益為優先。」

「那是你認定的利益，當事人不見得這麼想。」

「敦賀律師，你總站在維護社會正義的觀點上，俯瞰每一件事吧？」

御子柴晃晃手中的解任通知書影本，接著道：

「可惜，我從小品行不佳，根本不把社會正義放在眼裡。」

丟下這句話，走出店門，手機恰巧響起。御子柴拿起手機一瞧，來電者正是值得信賴的合作夥伴。

「律師先生，談得如何？」
「剛拿到解任通知書，你實在有一套。」
「指的是哪一點？」
「不針對本人，而是找家人下手。看來，你十分瞭解人性的弱點。」
「這算是稱讚嗎？」
「當然。」
「這種程度的手法，一點也不稀奇。之前我提過，平日受庇護的人一旦脫離組織，馬上會變成膽小鬼，敦賀律師就是這種典型。他連怎麼保護家人都沒頭緒。」
「另外，我請你調查案子為何轉到第一東京，結果如何？」
山崎接下來提供的消息，幾乎與谷崎如出一轍，御子柴大為欽佩。「宏龍會」打探消息的能力果然值得信賴。
「對了，我順便挖到嫌犯供出的案情陳述內容。」
「消息來自何處？」
「川口警署。」
御子柴一聽，著實有些吃驚。雖然經常聽聞部分警察與黑道勾結，沒想到黑道連偵訊室裡的談話內容也能取得。

「請務必告訴我。」

山崎道出的案情如下：

三月四日下午一點多，看護師枥野正在回收入住者的餐盤。「伯樂園」會依每一名入住者的病狀和健康狀況製作不同餐點，但用餐地點都是在食堂。值得一提的是，這天負責配膳的職員，除了枥野之外還有一人，悲劇就發生在此人去上廁所的空檔。

枥野收拾稻見的餐盤時，兩人產生口角。起因是枥野抱怨稻見吃得餐盤又髒又亂，稻見回罵枥野比外行人還不會照顧入住者。枥野擁有二十年看護經驗，更是怒火中燒，兩人你一言、我一語，大吵起來。

枥野與稻見原本就互有嫌隙。日常的看護過程中，雙方都有些不滿，一天到晚發生爭執。這次會釀成悲劇，或許是長久累積的怨氣爆發。

以往吵得再凶，畢竟稻見是坐輪椅的老人，不會真正大打出手。這次稻見按捺不住情緒，竟動手推翻餐盤，殘渣剩飯全撒出來。

「你這個骯髒的死老頭。」

這句話引發大禍。

枥野彎腰清理地面的菜渣，稻見坐在輪椅上，枥野的頭頂高度恰恰在稻見的腰際。稻見想也不想地抓起旁邊桌上的玻璃花瓶，以瓶底朝枥野的頭頂猛擊數次。當稻見恢復理智，枥野已倒地不動，鮮血自頭頂汩汩流出。稻見急忙搖晃栃野的身體，但沒得到任何反應。

半晌後，另一名配膳人員衝過來，發現栃野已斷氣，立即通報警察……

近年來，看護機構職員與入住者的糾紛屢見不鮮，並非僅有「伯樂園」這一樁。如果列出每件案子，「伯樂園」凶殺案當然也是其中之一。

但御子柴深知稻見的為人，心中存疑。聽山崎轉述的案情後，疑慮依然沒消散。看來，還是得當面詢問本人。御子柴盤算著，電話另一頭突然傳來山崎的聲音：

「喂，御子柴律師？」

「請說，我在聽。剛剛沒說話，是打心底佩服的緣故。」

「凶嫌稻見，是你在少年院的指導教官？」

「是啊。」

「律師先生，你該不會是基於同情才插手管吧？」山崎的口吻發生微妙的變化。「果真如此，別嫌我嘮叨，我勸你最好提高警覺。」

「怎麼講？」

「工作上你是徹頭徹尾的理論派，不帶任何道德與情感，腦中只有委託人的利益。我認識的律師裡，你是最強的，像一具腦中只有理論的機器人，一旦受感情束縛，肯定會搞砸。」

山崎這番話異常認真。不愧是長年投注心力於觀察人性、尋找弱點的男人，這幾句話說得振振有詞，相當具有說服力。

「謝謝你的忠告，我會銘記在心，就這樣吧。」

掛斷電話，御子柴忍不住笑出來。山崎給的忠告，居然與谷崎的忠告不謀而合。一邊是「東京律師公會」的大老，另一邊是全國性黑道組織的第三把交椅，兩人說出的話竟有異曲同工之妙，而且都對他抱著相同的擔憂。

如今，他在一般社會和司法界有如過街老鼠，唯獨這兩個人不知為何竟對他青睞有加。唯一合理的解釋，就是這兩個人與他一樣超然於組織架構之外。

5

雖然退下會長寶座，谷崎仍擁有十足的影響力。在敦賀解除委任的同時，御子柴順利透過「東京律師公會」接到這一件需要公設辯護的案子。

委任狀上有稻見的親筆簽名。御子柴不禁暗想，當初稻見拒絕見面，如今為何這麼乾脆地答應由他擔任辯護律師？雖然與辯護工作沒直接關聯，御子柴卻相當在意。

接下委任狀後，御子柴立即趕往川口警署。由於檢察官尚未起訴，稻見目前還待在警署的拘留室。

御子柴抵達警署，在服務櫃檯說明來意，不一會菅山走出來。

「短短三天就換了律師，你到底用什麼手段？」

御子柴正式以委任律師的身分來訪，菅山不敢像前幾天那麼囂張，但一對眼眸依舊充滿懷疑。

「什麼手段也沒用，完全是依正常程序承接案子，該幫的忙請你務必配合。」

「放心，我馬上帶御子柴律師到會客室與嫌犯見面。」

菅山行一禮。看似態度恭謹，卻充滿譏諷之意。

走向會客室的途中，菅山忽然冒出一句：

「面談時間請盡量縮短。」

「律師與委託人見面，不該有時間限制。」

「之後嫌犯有其他行程，還請配合。」

「你叫菅山?能不能讓我看看你的錶？」

菅山狐疑地舉起戴錶的左腕。

「國產的便宜貨……既然這麼計較時間，應該買一支好點的錶。」

菅山臉色大變，但很快恢復鎮定。

「可惜我薪水太少。世上就是這樣，幹的工作愈正派，薪水袋愈輕。」

「輕的不單是薪水袋吧？」

御子柴這句話，原本是譏刺菅山洩漏消息給黑道的行徑，但菅山似乎沒聽懂。

「面談時我會在場。」

「這應該是負責拘留事務的員警的工作吧？」

「這是署內的規定。」

若菅山的用意在妨礙面談，表示川口警署對御子柴懷抱敵意，而非只有菅山。這好比是在敵軍陣營裡會見俘虜。

「話說回來，你的執著實在令我佩服。這不是諷刺，而是我的真心話。」菅山繼續道。

「死纏爛打的律師，一定是你們最討厭的生物吧？」

「我們討厭的只有你。能不能告訴我，你這份執著的原動力到底是什麼？」

反正說了這男人也不會懂，御子柴暗想。見御子柴默不作聲，菅山又道：

「我實在無法理解……要怎麼維持仇恨長達四分之一個世紀？」

「什麼意思？」

「我國中的級任導師是非常討人厭的傢伙。他經常毆打和辱罵我，說穿了，就是擁有些許專業知識的心理變態。如今過了十幾年，我早就不恨他，反倒覺得他有點可憐。要維持心中的恨意，必須消耗龐大的精神能量吧。」

「你認為我還恨著當年的指導教官？」

「但願是我猜錯。」

菅山這番話沒說中真相，卻相差不遠。

御子柴的心中，確實懷抱著某種意念長達四分之一個世紀，為此消耗龐大的精神能量。

不過，那不是恨意，而是為了活下去必須具備的東西。

不一會，御子柴與菅山進入會客室。室內的擺設冷清，只有一張造型樸素的鐵桌及兩張鐵椅。窗戶上裝設著防止逃走的鐵條，幾乎與偵訊室沒兩樣。

「請在這裡稍候。」

丟下一句話，菅山逕自走出去。

御子柴獨自站在室內，腦中浮現即將見面的那個人的臉。

印象深刻的五官和嗓音。雖然二十八年沒見，御子柴仍把那個人的一切記得清清楚楚。理由很簡單，御子柴不知想起那個人多少次。

御子柴驚覺自己在緊張。

居然為了見某個人感到緊張。

不知多少年沒這種感覺。基於工作上的需要，御子柴經常會見前科累累的罪犯及連續殺人魔，但不曾像現在這樣心跳加速，掌心冒汗。

御子柴的人格會重塑一次。促使新人格誕生的要素，是當年在醫療少年院裡遇上的那些人及音樂。尤其是稻見，讓御子柴找到活下去的方向。在這層意義上，稻見幾乎等於是御子柴的父親。

原來如此……御子柴終於明白緊張的原因。

不久後要見到的人，是二十八年不見的父親。

半晌，會客室的門終於打開。

菅山推著輪椅進來。

一看見坐在輪椅上的老人，御子柴反射性地站起。
一時之間，御子柴幾乎不認得這個人。
老人的臉頰凹陷，頭頂剩下稀疏的白髮，身體萎縮得像個孩童。不過，老人的眉毛一點也沒變，是粗厚濃密的一字眉。
「噢……」老人發出聲音。
雖然比從前沙啞許多，確實是記憶中稻見的嗓音。
「好久不見，御子柴……不，現在得叫你『律師先生』。」
稻見說話口吻也和往昔如出一轍，室內的氣氛頓時改變。
「稻見教官……」
「別喊我教官，那是將近三十年前的事。」
「除了教官之外……我不曉得如何稱呼你。」
「也對，我們一直沒見面……好吧，你愛怎麼叫，就怎麼叫吧。」
「時間不多，立刻開始吧。」
菅山拉開御子柴對面的椅子，將稻見連同輪椅一起推向桌下。御子柴坐下後，兩人的視線高度恰巧一致。
「對了，御子柴律師，談正事前有件事想問你。」稻見冒出一句。

「請說。」

「剛進『伯樂園』時，院方收到一筆錢，說是寄給我的。那是你寄的吧？」

「那麼久以前，我不記得了。」

「至少你還記得是那麼久以前的事。那筆錢對我幫助很大。雖然進公立安養院不必支付入住費，但多虧那筆錢，院方馬上答應安排讓我入院。我要趁這個機會向你說聲謝謝。」

稻見低頭鞠躬，露出毛髮稀疏的頭頂。

「沒什麼大不了，不用放在心上。」

「怎會沒什麼大不了？我指導過的院生裡，只有你願意為我做這件事，我一定得道謝。」

「我們沒有多少時間。」

「放心，案情方面說得再詳細，只要五分鐘就夠了。」

「訊問筆錄還沒做吧？」

「唔，還沒。」

「既然如此，有幾點希望你注意。訊問筆錄是法庭上的重要證據，任何一句話都可能改變法官對你的印象，絕對不要讓刑警牽著鼻子走。製作筆錄時，刑警可能會隨便說出一些不實的指控，當沒聽見就行。還有，你必須確定是否全程錄影存證，連攝影機、麥克風的位置都得掌握清楚。每隔三十分鐘，你就要求確認錄影畫面……」

「喂，等等……」稻見擺擺手，「我是七十五歲的老人，一下記不住太多……」
「這些都很重要，請認真聽。」
「我很認真在聽啊。」
「請你務必確認。」
「我早就確認過，御子柴禮司成為有頭有臉的人物。」
「教官！」
「我不是在開玩笑。御子柴啊，自從我打死栃野後，心情一直相當沉重。見到了你，才感覺輕鬆一些。」
御子柴想打斷稻見的話，稻見的眼神卻不容許御子柴這麼做。
「一般人就算嚮往律師這職業，也不是隨隨便便就當得上。律師考試號稱全日本最難的考試，你居然合格了，想必是每天熬夜念書吧？不，你的腦筋本來就好，或許對你並不困難。總之，你實在了不起。」
「別說這些了。」
「你還是和以前一樣，不習慣受人稱讚。」
「請適可而止。我是你的律師，不先詢問案情，怎麼替你辯護？」
「我不清楚你平常怎麼幫人辯護，但我的情況不必那麼麻煩，因為我殺死栃野是事實。」

接著，稻見說起整件事的概要，與山崎提供的內幕消息完全相同，再次證明山崎優秀的打探能力。

然而，概要畢竟是概要。

真相永遠藏在細節和看不見的角落。

「聽說，平日你和看護師栃野守不時有摩擦，真的嗎？」

「是啊，栃野真的很惹人厭。我的身體行動不便，他經常取笑我是笨手笨腳的慢郎中。看護機構的建築物大多採無障礙設計，但他為我推輪椅時，總是故意挑有高低差的地方。不僅如此，他會故意延誤配送我的餐點。」

「為了這些事殺人？實在不像你的作風。」

「雖然只是一些小事，累積起來卻搞得我心浮氣躁。何況，一旦上了年紀，就會容易動怒。」

稻見嘴上說著，卻不顯一絲憔悴。難免因年齡顯得蒼老，但態度和從前一樣，豪邁豁達。儘管不良於行，卻口齒靈活、思緒清晰。

「教官，請讓我看看你的手。」

「好。」

稻見伸出手。雖然年事已高，手臂卻相當粗大。

手動式的輪椅必須自行轉動輪子，往往能練出過人的臂力。稻見的雙腿無法行走，雙手肌肉卻沒萎縮，便是這個緣故。不過，近年來電動式輪椅愈來愈普及，此一現象也逐漸減少。

御子柴仔細觀察稻見的手臂片刻，無奈地下結論。這樣的手臂要拿起花瓶砸死人，肯定是沒問題。

「當時，花瓶裡有花嗎？」

「有，插著一些堇花。我拿起花瓶在栃野頭上一砸，花和裡頭的水一起灑在地板上。」

鑑識人員進行現場勘驗時，就發現堇花和瓶裡濺出的水，並寫在搜查紀錄中了吧。至於花瓶上的指紋，更不用提。進入審判程序時，可再申請調閱搜查紀錄，在那之前，最好親自到案發現場瞧一瞧。

「補充一件事。」站在遠處的菅山忽然開口：「嫌犯當時衣服上沾有不少血跡，經鑑識證實是死者的血。」

「謝謝你特意提醒。」

御子柴咬著嘴脣，暗暗咒罵。

機會、方法、動機、自白……所有證據都指向稻見殺人，實在難以在法庭上主張無罪。唯一逃避刑責的辦法，只剩下精神鑑定，但依本人目前的言行舉止看來，要證明《刑法》第三十九條適用在他身上，恐怕比證明太陽會從西邊升起困難。

「當時有沒有人看見這一幕？聽說，另一名配膳人員去上廁所……」

「食堂裡有好幾個入住者，他們都看到我和栃野起爭執。」

入住者雖然都是老人，但肯定有像稻見這樣精神狀況良好的人物，要讓這些人的證詞全部無效幾乎是天方夜譚。

每一項證據都對稻見極為不利。

「御子柴律師，可以換我發問嗎？」

「請說。」

「你怎麼拿到公設辯護資格的？」

稻見的眼神與剛剛不同，是大人責備孩子做壞事的眼神。

「我準備要和前一位律師商談，對方突然表示要退出，接著我馬上就收到委任狀，寫著你的名字。你一定是用了某種違法的手段吧？」

「只是湊巧輪到。」

「警察逮捕我時，曾問我要不要叫律師，以為我沒想到你嗎？」

「既然如此，為什麼不聯絡我？」

「我知道你一定會亂來。」

稻見的低沉嗓音，彷彿在向孩子諄諄教誨。

御子柴霎時有種回到從前的錯覺。

「你一旦決定要做一件事，為了達到目的，利用旁門左道也在所不惜。這就是你在少年院裡學到的處世態度。如果找上你，你一定會亂來。見到你很開心，但我不希望你來辯護。」

「教官，我只是想救你。」

「有這份心就夠了，我因憎恨殺害栃野是事實。我有動機，精神狀態也沒任何問題。不管你怎麼做，都沒辦法扭曲事實。」

稻見如此坦蕩豁達，御子柴感到一陣天旋地轉。

在現實生活中，這樣的態度或許是優點，但在法庭上只會陷自己於不利。就像是還沒踏上戰場，便抱定主意要死在敵人的槍火下。

「每一個嫌犯都有受到保護的權利。」

「話雖如此，每個人也都有贖罪的權利。當年教過你的話，你忘記了嗎？」

御子柴頓時啞口無言。

他沒有一天忘懷這句話。

「我這麼教你，當然得以身作則。我殺了人，就得接受應得的制裁，我絕對不會選擇逃避。」

稻見的口氣無比堅定。面對稻見，御子柴有些不知所措。

這次的案件，委託人全盤認罪，而且希望受到懲罰。

御子柴接過形形色色的案子，沒有一個委託人讓他感到如此無助。

「看來兩位談完了，今天到此為止吧。」

菅山機械般扔下這句話，瞧也沒瞧御子柴一眼，推著輪椅走向門口。

稻見只是轉頭輕輕一瞥。

菅山關上門。

獨留御子柴孤零零地站在室內。

兩天後，御子柴得知稻見瞞著他做了一件事。昨天，也就是與稻見會面的隔天，稻見接受筆錄，卻沒告訴御子柴。

訊問筆錄

戶籍地址：栃木縣河內郡上三川町磯岡一三七四

居住地址：埼玉縣川口市南鳩谷九丁目三十五－四「伯樂園」內

職業：無業

姓名：稻見武雄

出生年月日：昭和十二年（一九三七）四月七日（七十五歲）

前記嫌疑人於平成二十五年（二〇一三）三月九日於川口警署內，針對殺人案做出以下供述。訊問前已事先告知嫌疑人，若無供述意願可保持緘默。

一　今年三月四日下午一時許，於川口市公立安養院「伯樂園」內，我毆打看護師杤野守致死，因而接受警方調查。今天我將敘述當天的狀況。

二　我在平成二十年四月進入公立安養院「伯樂園」，當時杤野已是院內的看護師。我並非由他負責照顧，他和我直接接觸的機會不多，但我感覺得出，這個人與我個性不合，沒辦法好好相處。我當過少年院的教官，練就只要交談兩、三句，就能知道對方合不合得來的能力。或許是這個緣故，我跟杤野一天到晚鬥嘴爭吵。

三　三月四日，杤野是負責配膳的職員之一。用餐過程沒發生什麼事，有些人提早吃完，杤野著手收拾他們的餐盤。收到我的餐盤時，我和他又吵起來。爭吵的原因是，杤野嫌我把餐盤吃得髒兮兮。我不甘示弱，說他的看護技術比門外漢還不如。我和他平日就互相累積不少怨氣，因此吵得愈來愈凶。

四　雖然吵得凶，我畢竟是半身不遂的老人，雙方並未動粗。我實在氣不過，伸手推翻眼前的餐盤，少許菜渣剩飯撒在地上。枥野蹲在地上清理，一邊罵我是骯髒的臭老頭。當時，他的頭頂就在我腰際的高度，我一時失去理智，抓起桌上的玻璃花瓶，朝枥野的頭上猛砸。周圍的入住者都來制止，但我至少敲兩、三下才罷手。片刻後，原本去上廁所的配膳人員衝過來，搶走我手中的花瓶，並查看枥野的傷勢，但那時枥野已不再動彈。

五　救護車趕到，載走枥野，事後我聽說他幾乎是當場斃命。除了我之外，沒人對枥野動手，確實是我將枥野毆打致死。

稻見武雄（簽名）指印

以上內容經本人確認無誤後簽名並蓋指印。

川口警署
司法警察員
警部補　小池亮一　蓋章

讀完筆錄，御子柴深深歎一口氣。

第二章

被害人的險惡

1

隔天，御子柴造訪位於川口市的「伯樂園」。

建築物約有二十年的歷史，原本雪白的外牆長滿青苔，窗玻璃也像老人的瞳孔一樣，蒙上一層白霧。奇妙的是，花壇沒有荒廢的跡象，盛開著美麗的堇花，多半是有人費心照顧。

一名老婦人坐在花壇前的桌子旁，沉浸在小型CD播放機流洩出的音樂中。旋律隱約聽得出是一首鋼琴曲，但聽不出是什麼曲目。看見御子柴，她微微頷首，出聲問候「午安」。

御子柴第一次踏進這家安養院。當年，得知稻見入住這家安養院，他趕緊寄送一筆錢，卻不願與稻見重逢，從未來探望。除了不想看見教官老態龍鍾的模樣，更重要的是，不敢讓教官看見現在的自己。

一踏進建築物，頓時聞到一股類似腐土的刺鼻氣味。那並非消毒藥水或芳香劑，有點像植物枯萎、腐爛後的味道。

與一名坐著輪椅的老人擦身而過的瞬間，御子柴恍然大悟。這就是所謂的老人味。不是建築物的異味附著在居住者身上，而是居住者的體臭附著在建築物內的牆壁和地板上。或許人在接近死亡之際，就會出現植物的特徵。

由於事前已告知來意，御子柴直接走向院長室。此行只有一個目的，就是確認稻見與栃野之間的關係。

「你遠道而來，辛苦了。」

院長角田寬志表現得相當客氣，微蹙的眉頭卻流露出心中的不樂意。這個人的臉型像雞蛋，頭髮稀疏。雖然態度謙恭，一對眼睛卻不斷上下打量御子柴。

「你是為稻見殺害栃野的案子而來吧。可是，詳情我不都告訴警察了嗎？」

「律師的立場與檢、警相反。站在不同角度來看，或許會有新發現。」

「也有道理……但我記得，原本的律師似乎不是你。」

顯然院長知道公設律師已換人。經營這家公立安養院的社會福祉法人理事長暗中穿針引線，將這件案子交給敦賀，院長想必心知肚明。

「前一任律師因故辭退辯護工作。由我來接手，你不放心嗎？」

「不，沒那回事……只是太突然，我有點反應不過來。」

「栃野是怎樣的人？」

「很認真的看護師。」

角田說得斬釘截鐵，彷彿不容反駁。「他在我們這裡工作八年，做事相當細心，入住者對他的評價都很高。」

「但我聽說，他與嫌犯一直處不好？」

「是啊，這是稻見的錯。稻見不僅頑固，講話又惡毒，只要有一點不如意，就會找工作人員麻煩。」

「講話再惡毒，畢竟是靠輪椅生活的老人，不可能使用肢體暴力，也無法到處閒晃。安養院裡不少老人罹患失智症，比起來稻見的情況應該好處理許多，不是嗎？」

「不，你有所不知。住在這裡的老人都很好相處，雖然幾位確實有點失智症的症狀，整體上都不難照顧。稻見可說是唯一的特例。他一天到晚找枥野的碴，換成是我，恐怕早就幹不下去。」

這番話與川口警署的調查結果如出一轍。不過，警方一定也向角田問過話，內容相符是理所當然。

「警方登門拜訪時，向哪幾位詢問過案情？」

「除了我之外，還有與枥野共事的員工。」

「所有員工嗎？」

「不，目前約有三十名入住者，共分為五組。每組由兩名看護師負責照顧。」

這表示除了枥野之外，還有一人與他搭檔。角田接著道：

「另一位看護師姓前原，雖然還很年輕，但熱誠不輸給枥野。」

「方便和他當面談談嗎？」

「你想見他？唔，他正在值勤。好吧，再過三十分鐘午餐時間就會結束，他應該會有一點空檔。」

「謝謝你的協助。在那之前，我能在院內四處參觀嗎？」

「當然，但請別打擾入住者用餐。」

言下之意，是不能隨便找人問話。御子柴轉身走出院長室，連最基本的鞠躬致意都省下。反正對方打一開始就不歡迎他，沒必要太客氣。

御子柴沿著走廊查看院內環境。果然如同稻見的描述，基本上為無障礙空間，地板沒有明顯的高低差。仔細回想，門口與院內地板之間的落差也設計成斜坡狀。牆壁在腰際的高度設置扶手，適合扶著走路。單以硬體設備評估，確實是對老人相當貼心的生活環境。

牆上掛著許多水彩畫及書法，一看就知道出自外行人之手，多半是入住者的作品。其中幾幅拙劣得令人不敢恭維，大概是把創作當成復健的一種方法。

天花板垂下的吊牌，清楚標示出食堂的位置。或許是為了安全起見，鋪著地毯，放輕腳步就不會發出聲響。於是，御子柴躡手躡腳地走向食堂。剛剛角田只說不能打擾入住者，多看兩眼不算違反約定。

建築物內的門幾乎都設計成橫拉式，想必也是基於安全考量。食堂當然不例外。御子柴左右張望，確認周圍沒人後將門板拉開一道細縫。

食堂相當大，裡頭約有三十名老人和身穿看護服的兩個男人。整間食堂以頗高的隔板分成五塊區域，多半是為了保護每一組的內部隱私吧。

有些老人坐在椅子上，有些坐在輪椅上。有些老人自行拿湯匙，有些需要看護師協助餵食。每個老人的狀況都不相同，卻有一個共通點。

那就是沒有一個老人臉上帶著笑容。

每個老人都緊張得表情僵硬，完全感受不到用餐的愉悅。這些老人年紀相仿、際遇相似，整間食堂卻聽不見一句歡談與笑聲。御子柴當年待過的醫療少年院，午餐時間也沒這麼死氣沉沉。

簡直像是一群囚犯。御子柴不禁產生這樣的感想。歐美的監獄大概就是這副景象吧。無形的枷鎖及無形的槍，令人連咀嚼時都得提心吊膽。

「喂，後藤爺爺。」

看護師斥責一名矮小肥胖的老人。只見看護師戴著眼鏡，雙眸透著陰鷙之色。

「為什麼你連用湯匙也會掉飯粒？嘴巴張大點。」

挨罵的老人上半身劇烈顫抖，彷彿遭到電擊。老人拚命想張大嘴，但下顎不聽使喚，不知不覺眼眶積滿淚水。任何人都看得出，看護師的要求是強人所難，卻沒人上前制止。

老人的腳邊掉落不少飯粒。看護師將老人推到一旁，拿起靠在牆邊的拖把清潔地板。看護師臭著臉，毫不掩飾心中的不悅。

看護的手法真是五花八門……御子柴面無表情地望著這一幕，內心如此咕噥。

午餐時間結束，院長為御子柴介紹當初與栃野共事的小組職員。

曾與栃野搭檔的看護師叫前原讓，正是午餐時間斥罵老人的那個年輕人。他有著修長的臉孔與瘦削的身材，聽見御子柴是律師，頓時一臉警戒。

由於栃野亡故，院方緊急安排名叫漆澤健郎的看護師和前原搭檔。漆澤的體型壯碩魁梧，不像看護師，倒像摔角選手。從頭到尾都是前原在說話，不知是漆澤天生沉默寡言，還是上司曾警告他別胡亂開口。

「你負責為稻見辯護？他本人都認罪了，還需要調查什麼？」

「你認為我不該為嫌犯辯護？他原本是這裡的入住者，跟你們有一定的交情，不是嗎？」

「話雖如此，但他殺害我職場的前輩，實在無法一視同仁。栃野是值得尊敬的前輩，稻見卻是這裡的燙手山芋。」

「照顧稻見讓你們感到這麼棘手？」

「是啊，他下半身癱瘓，得替他把屎把尿。這都沒什麼，但他上半身的那張嘴有些健康過頭。誠心誠意為他服務，他卻一下嫌輪椅推得太粗魯，一下嫌服務不夠周到，加上他嗓門大，說話十分刺耳。他是坐在輪椅上的『奧客』，我常常被他搞得火冒三丈。」

「那麼，枥野呢？你對這個人有何看法？」

「枥野真的是值得尊敬的前輩看護師。他很細心，會站在受看護者的角度提供貼心的服務。正因如此，我才忍不住幫枥野說話。在律師面前這麼說有些失禮，但我希望稻見受到應得的懲罰。」

前原說得煞有其事，御子柴有些心浮氣躁。一旁的溱澤不發一語，只微微點頭。

「平日，枥野與稻見就經常吵鬧不休？彼此的反感達到隨時會爆發的地步？」

「倒也不能這麼說……畢竟稻見是由我負責照顧，枥野負責的是其他人。」

「同一組內還有職責的細分？」

「因為要撰寫看護紀錄，必須劃分出各自負責照顧的對象。一組共有六位入住者，我主要負責照顧其中三位，另外三位則由枥野負責，我只擔任輔助的角色。」

「這麼聽來，枥野與稻見平日接觸的機會不算多。案發當天怎會爆發嚴重的口角，甚至出現暴力行為？」

「或許正是接觸機會不多的緣故吧。」前原振振有詞。「枥野不像我，早就習慣稻見的嘮叨叨。不管稻見罵我什麼，我只當成耳邊風。偏偏當時我去上廁所，不在餐廳。」

案發當天，枥野與前原負責配膳，悲劇就發生在前原離開的數分鐘之間。這部分與稻見在川口警署的供述完全相符。

然而前原聲稱，稻見並非由枥野負責看護，平日接觸的機會不多，這部分又與「日常看護過程中互相抱持不滿，經常發生口角」的案情描述頗有出入。

御子柴轉頭問漆澤：

「前原先生的這些話，你都同意嗎？」

面對御子柴突然的提問，漆澤吞吞吐吐地回答：「我不太清楚枥野的看護方式……」

接著，御子柴要求與跟稻見同組的入住者談談。

「現在是用餐後的自由時間，大家各自在不同的地方，我來帶路吧。」

前原主動提議。御子柴不希望有個人在旁邊礙手礙腳，但考慮到或許會有難以溝通的老人，便沒拒絕。

「一開始，挑個還能正常說話的吧。」前原說道。

御子柴一生中極少尊敬他人。經歷醫療少年院內的生活，御子柴深深體會到「人性本惡」比「人性本善」更有說服力。

即使是性惡之人，大部分仍懂得隱藏自身的愚蠢與刻薄。不過，前原顯然是例外。他的談吐中，充滿著對弱勢者的輕蔑與侮辱。或許他以為掩飾得很好，在旁人眼裡卻是此地無銀三百兩，更凸顯出他的膚淺。若把看護工作比喻為殘疾者的拐杖，前原就是一把用來最不順手的拐杖。

前原帶著御子柴走進另一間房。門上吊牌寫著「交誼廳」，裡頭的空間相當於國小的圖書室。中央擺著六張桌子，角落放置一些長椅，老人們三三兩兩地坐著閒聊。當然，並非所有人都在說話，幾個老人雙目無神或神情古怪，獨自愣愣坐著，不參與任何對話。這樣的老人身旁都有一名看護師。

「久仁村爺爺，這個人想問你幾句話。」

一名與同伴聊得起勁的老人，聽到前原的呼喚，轉過頭來。這名老人有張圓餅臉，雙頰肌肉下垂，嘴脣肥厚而額頭狹小，一副凶惡神態。左側嘴角高高腫起，更為容貌增添幾分暴戾之氣。略帶斜視的一對眼眸疑神疑鬼，就算告訴他太陽會從東邊升起，恐怕他也不會輕易相信。

「介紹一下，這是負責為稻見爺爺辯護的御子柴律師。律師先生，他是久仁村兵吾爺爺。」

「你好，我是御子柴。」

久仁村翻眼瞪著御子柴，連招呼也沒打，劈頭就問：

「你是律師？稻見都認罪了，事到如今你還能怎麼幫他辯護？」

「辯護的方針等與各位談過才能決定。」

「難不成，我們的話能讓他獲判無罪？」

「就算不能無罪開釋，至少有機會博取同情。畢竟我的委託人年事已高，若是遇上仁慈的法官，或許能獲得從寬量刑。」

久仁村依然目不轉睛地注視御子柴，顯然在估量御子柴有幾分能耐。

「老爸曾告訴我，只要某個人的職業帶著『師』字，多半是騙子。」

真是精闢的見解，御子柴有些佩服。要取得這種老人的信任，必須向他分析實際的利害關係，唱高調沒有任何意義。

「謊言是十分好用的工具。你也不認為，光靠誠實能消除世上的不公不義吧？」

久仁村一愣，揚起單邊的眉毛，露出唯我獨尊的微笑。

「看來，你這個律師並非只是有點小聰明。好吧，你想問什麼？」

「案發當時，你在現場嗎？」

「是啊，那是午餐時間，除非是臥病不起，大家都會到食堂吃飯。」

「請描述一下稻見與栃野的爭執。」

「栃野他……不，栃野先生和稻見突然發生爭吵。一個嫌對方把餐盤搞得髒兮兮，一個嫌對方看護技術太差。稻見突然發飆，推翻餐盤。由於還沒吃完，許多飯菜撒落一地。栃野他……栃野先生一邊抱怨，一邊清理地板，稻見突然拿花瓶從他頭頂敲下去。」

「主要負責照顧稻見的不是栃野，他們怎會突然吵得這麼凶？」

「這還需要問嗎？兩個處不來的人，一言不合大打出手，並不稀奇呀。當時正是這樣的情況，算是一種意外事故吧。」

「兩人平常就水火不容嗎？」

「倒不至於。稻見不是由栃野先生負責照顧，儘管在同一組，平常所作所為都看在眼裡，兩人不對盤並不奇怪，但不到想殺掉對方的地步。」

「所以，你認為這是一種不可抗力的結果？」

「沒錯，就是這個意思。兩人只是互相討厭，不到想殺死對方的程度。稻見一時衝動拿起花瓶，栃野先生又不巧被打死。說穿了，就是這麼回事。」

下一個訪問對象，是剛剛在食堂裡遭前原責罵的矮胖老人。這老人名叫後藤清次，移動不必仰賴輪椅，但下半身非常虛弱。御子柴走近時，他仰靠在牆邊的扶手上。如果笑起來肯定是一副福相，但此刻他苦著臉，給人一種難相處的印象。

「他罹患骨質疏鬆症，我們不希望他的雙腿繼續衰弱，故意不給他坐輪椅，讓他練習走路。」前原解釋道。

御子柴拉來一張椅子，讓老人坐下後說道：

「我叫御子柴，是稻見的律師。」

後藤撇過臉，顯得畏畏縮縮。

「他有一點失智症的傾向，還不至於影響日常生活。」

前原在御子柴耳邊解釋，但聲音相當大，根本算不上是悄悄話。

「我在調查稻見的案子，能請你提供一些協助嗎？」

後藤只發出哼哼哈哈的聲音，並未明確回應。不過，從那態度看來，似乎沒有拒絕的意思。

「稻見與栃野發生爭執時，你在附近嗎？」

後藤沉吟半晌，才點點頭：

「對……我在附近。」

「你是否看見他們在吵架？」

「看見了……」

「他們是怎麼吵起來的？」

「你罵一句……我罵一句……接著打了起來……」

「誰先動手？」

「稻……稻見抓住栃野先生的衣領……一直打他……」

「你記得動手前的狀況嗎？他們互罵對方什麼？」

「我……不記得了……」

「兩人平日就常吵架嗎？」

「我不知道……我不知道……」

御子柴每問一句，後藤似乎就增添一分恐懼。

「律師先生，別再逼他了。我剛剛提過，他有一點失智症的徵兆。罹患輕度失智症的人，最怕發現記憶力逐漸減退。繼續問讓他答不出的問題，他可能會發瘋。」

御子柴不具備失智症的相關知識，但看得出前原沒撒謊。後藤的情緒極不穩定，繼續問下去，恐怕也問不出所以然。

「下一個……唔……就選臼田爺爺吧。」

前原走向窗邊一個坐在輪椅上的老人。這老人名叫臼田泰助，臉上幾乎沒有肌肉，瘦得像皮包骨，眼窩極深，滿臉老人斑。

「他得什麼病？」

「他的併發症可多了……簡單來講就是年紀大，身體撐不住。」

前原絲毫不帶感情，話語簡單明瞭。若要宣判死刑，他可能是最佳人選。

「他能理解我的話嗎？」

「誰知道？應該能理解吧……他本來就很少開口，沒確認過他聽不聽得懂別人說話。」

連能不能溝通都不清楚，有辦法善盡看護的職責嗎？御子柴心中冒出理所當然的疑問。不過，如果只是每天將飯塞進嘴裡，及定期清理大小便，確實不需要任何溝通與對話。若將「看護」的定義限縮在「協助處理生活上的大小事」，前原的工作態度倒也沒什麼不對。

御子柴仔細凝視臼田，那對深陷眼窩中的瞳眸不帶一絲智慧的神采。

「我叫御子柴，負責為稻見辯護，你聽得懂嗎？」

臼田的表情沒有任何變化。御子柴以為他沒聽見，正要重複一次，臼田的嘴脣忽然一動。

「稻見……是好人……」

雖然嗓音沙啞又斷斷續續，卻是帶有意義的一句話。然而，臼田一直注視著半空，看也沒看御子柴一眼。

「你經常和稻見聊天嗎？」

臼田沒回答。

「有沒有看見稻見與栃野的爭執……」

「稻見沒錯……」臼田忽然自顧自說著。「是栃野先生的錯……他推稻見一下，稻見才會生氣……」

「兩人平常就不對頭嗎？」

「稻見是紳士……從不講任何人的壞話……他是有骨氣的人……」

「這點我很清楚。依你剛剛所說，是栃野先挑釁，兩人才會打起來？」

「稻見是了不起的人……」

「臼田先生，請你仔細聽我的問題，你認為稻見攻擊栃野時，有殺死他的意圖嗎？」

臼田陷入沉默，不再開口。

「臼田先生？」

御子柴連問幾次，但臼田宛如關掉電源的電器產品，毫無反應。

「請告訴我你的感覺，我的委託人是否抱持殺意？這點在法庭上相當重要。」

「律師先生，沒用的。臼田爺爺一旦閉上嘴，下次開口不知要等到什麼時候。」

御子柴觀察一會臼田的模樣。那僵硬的表情沒有一絲變化，也沒有打算開口的跡象，只得放棄。

「接下來，請移駕至庭院吧。」前原說道。

前原例行公事般下達指示，彷彿把御子柴當成參觀院內設施的一般客人。

「等等要見的是院裡最健康的老人，腦袋沒有任何問題，身上也沒有嚴重的疾病。」

「這麼健康的人，怎會住在安養院？」

「畢竟年紀一大，走路有些吃力，所以她妥善處理財產後，在這裡安享晚年。人生的最後一段日子，她早就安排好要怎麼過。」

兩人來到庭院，前原率先走向花壇。御子柴剛到時看見的老婦人仍坐在花壇前的桌邊，聽著CD播放出的音樂。看見御子柴，她的表情一愣。

「這是小笠原榮奶奶。榮奶奶，他是負責為稻見辯護的御子柴律師。」

「啊，原來你是律師？你好，敝姓小笠原。」

一般人上了年紀，體型都會縮小，小笠原奶奶尤其明顯。即使她把彎曲的腰桿打直，身高大概也只跟小學生差不多。以老人而言，臉上的皺紋不算多，但五官小巧，更給人一種宛如孩子般的印象。

然而，她看著御子柴的雙眸，卻綻放著睿智的神采，態度謙和且具備符合年紀的理性，十足是擁有豐富歷練的大人。

「我的腿不太能站，請原諒我坐著說話。」

「方才見過一次面，敝姓御子柴。妳早就知道我要來拜訪？」

「不，我不知道。院長從不跟我們說這種事。不過，我看得出你不是普通人。」

御子柴確實不是普通人。這句話引起他的好奇，忍不住問：

「我不像普通人嗎？」

「是啊，你看上去太聰明，讓我心裡發毛。得知你是律師，我一點也不詫異。話說回來，律師都像你這樣親自到案發現場查看嗎？」

「不清楚，但我在書面文字上得不到滿意的答案。」

「簡直像是刑警。」

「律師和刑警立場相反，但性質類似。妳頗有精神，我有點驚訝。原以為住進安養院的，都是失去判斷能力的老人。」

小笠原奶奶輕輕一笑：

「你真老實，我喜歡你這種說話不修飾的人。這年頭，除了經濟和健康因素之外，愈來愈多老人擔心在孤獨中死去，才住進安養院。丈夫和孩子都早我一步去世，所以我選擇搬進這裡。對了，你有話要問我？」

「我想請教案發當時的情況。稻見出事時，妳在場嗎？」

「是啊，當時是用餐時間。」

「請妳描述一下當時的狀況。」

「大家差不多都用完餐，栃野先生準備收拾稻見的餐盤，嫌稻見吃相難看，於是稻見反擊『你說話難聽又笨手笨腳』，愈吵愈凶……」

之後發生的事，小笠原奶奶似乎有些難以啟齒，御子柴暗示她繼續。

「後來，稻見拿起桌上的花瓶，敲打栃野先生的頭。栃野先生倒在地上，稻見又敲打好幾下。我們都很害怕，不敢靠近，只能遠遠看著。前原先生從廁所回來時，栃野先生一動也不動。」

「他們從以前就常發生爭執嗎？」

「不，稻見主要是由前原先生負責照顧，枥野先生只是輔助。但都在同一組內，雙方的一舉一動都看得很清楚，想必有一些無法認同的地方。正因彼此不是那麼瞭解，更容易為小小的言語糾紛爆發衝突。案子可能就是這麼發生的。」

「那麼，妳認為是過失致死？」

「我們一般人對法律術語大多是一知半解，唯獨對這一句相當熟悉。沒錯，枥野先生是死於過失。」

小笠原奶奶輕輕招手，要御子柴在對面坐下。

「御子柴先生，你似乎是頗有才能的律師。」

「我們是第一次見面，妳怎會如此判斷？」

「雖然我年紀大了……不，或許正因年紀大了，對看人的眼光十分有自信。搞不好你能拯救稻見。」

小笠原奶奶突然握住御子柴擱在桌面上的手。她的手掌小巧卻相當溫暖。

「不管是罪或罰，都該以正確的方式落在應得的人身上。你不這麼認為嗎？」

御子柴一時詞窮，不曉得怎麼接話。御子柴鮮少遇到這樣的情況。

兩人沉默不語，唯有 CD 播放機不斷流洩出旋律。好幾個小節過去，御子柴才聽出是莫札特的一首《鎮魂曲》。

下一瞬間，從前待在關東醫療少年院的時光，在御子柴腦海逐一浮現。即使是對稻見教官也不願敞開心房的日子……抱著看好戲的心態旁觀教官與院生對立的日子……心靈受到少女的鋼琴聲撼動的日子……

不是或許能拯救。

是非拯救不可。

雖然內心激動，御子柴仍平淡回應。

「身為律師，我當然會盡一己之力。」

「一切就麻煩你了。」

御子柴與前原留下面帶微笑的小笠原奶奶，回到建築物內。

「最後一個有點難搞。」

前原訕笑著，向御子柴說道。罕有機會譏諷律師這個高高在上的職業，御子柴能夠理解前原的捉弄心態。何況，平日受同業冷嘲熱諷已是家常便飯。

最後一個是坐在輪椅上的老婆婆，名叫粉山壽美。

年紀超過九十歲，從五官勉強看出是女性。皮膚毫無光澤，皺紋深得可夾住手指，頭髮褪色泛紅。得知精神抖擻的小笠原奶奶與眼前這個佝僂老人僅差五歲，御子柴大吃一驚。

前原向御子柴解釋，當時粉山奶奶吃完午餐就進了醫務室，所以排在最後一個。

「她罹患重度的失智症，這兩年病情急速惡化，連職員都很少與她交談。」

御子柴彎下腰，凝望籾山奶奶。那雙瞳眸深陷在眼窩內，而且蒙上一層白霧，看不出一絲一毫的情感。

「由於她失去表達能力，無法確認她的視力，但看得出眼睛不行了。」

前原舉起手在籾山奶奶的面前上下揮動。御子柴默默推開前原的手，湊上前問：

「籾山奶奶，稻見與栃野吵架時，妳在場嗎？」

老婆婆沒回話，也沒出現任何反應。看來，要她開口相當困難，但溝通不見得必須仰賴交談。

「籾山奶奶雖然在場，但她只能咀嚼送進嘴裡的飯菜，根本無法判斷周圍發生什麼事。」

「你不要出聲。籾山奶奶，請妳仔細聽，我按照順序描述當時的情況，哪個地方與事實不符，請搖頭告訴我。」

老婆婆依舊沒答覆。於是，御子柴依川口警署的筆錄，說起當天案發的原委。

「三月四日下午一點多，大家吃完午餐，負責配膳的栃野想回收稻見的餐盤……」

御子柴一字一句往下說。稻見與栃野為一點小事發生口角，稻見打翻餐盤，栃野彎身清理菜渣，稻見突然拿花瓶往下砸……

御子柴盡量說得淺顯易懂，並放慢速度。然而，一直說到栃野遭花瓶砸中倒地，前原趕來制止，籾山奶奶的頭仍沒移動半分。

「我不是提醒過嗎？她早就失去判斷能力。」

御子柴站起，對前原的嘲諷充耳不聞。再次確認籾山奶奶的反應後，他今天在「伯樂園」的調查便告一段落。

由於談話對象大多罹患失智症，獲得的線索不多，稱不上有重大進展。不過，至少能確定一點。

住在這家安養院的老人，或多或少都蒙上一層相同的陰影。御子柴十分熟悉，當年在醫療少年院內不知看過多少次。

那陰影的名字叫恐懼。

2

暫時拒絕所有訪客……

回到事務所後，御子柴原打算這麼吩咐洋子，轉念又作罷。跟以前不同，如今御子柴法律事務所門可羅雀，沒必要擔心。

於是，御子柴專注地對「伯樂園」入住者證詞進行分析整理。談話內容都存在錄音筆裡，不會有遺漏。所謂的分析整理，就是比對各人的證詞，挑出不相符的部分。

首先，播放證詞並記錄重點。案發時間、起因、稻見與枥野的對話、哪一方先動手、凶器是什麼、稻見總共攻擊幾次……

既然要比對，當然必須設定一個原始版本。這個版本就是稻見的訊問筆錄。

御子柴耗費一個多小時完成這項作業。接著，將全部證詞填入臨時製作的一覽表，依不同的重點分門別類。

御子柴反覆細看這張一覽表，發現一個有趣的現象——每個人的證詞都與稻見的供述有著微妙的誤差。

久仁村兵吾的證詞：
「稻見突然發飆，推翻餐盤。當時稻見還沒吃完，許多飯菜撒了一地。」
稻見武雄的證詞：
「收到我的餐盤時，我和他又吵起來……（中略）少許菜渣剩飯撒在地上。」
後藤清次的證詞：
「稻……稻見（先出手）抓住栃野先生的衣領……一直打他……」
稻見武雄的證詞：
「雖然吵得凶，我畢竟是半身不遂的老人，雙方並未動粗。」
臼田泰助的證詞：
「是栃野先生的錯……他推稻見一下，稻見才會生氣……」
稻見武雄的證詞：
「雙方並未動粗。我實在氣不過，伸手推翻眼前的餐盤，少許菜渣剩飯撒在地上。栃野蹲在地上清理，一邊罵我是骯髒的臭老頭。當時，他的頭頂就在我腰際的高度，我一時失去理智，抓起桌上的玻璃花瓶……」

小笠原榮的證詞：

「栃野先生嫌稻見吃相難看，稻見反擊『你說話難聽又笨手笨腳』，愈吵愈凶……」

稻見武雄的證詞：

「爭吵的原因是，栃野嫌我把餐盤吃得髒兮兮。我不甘示弱，說他的看護技術比門外漢還不如。」

籾山壽美的證詞：

＊無法取得。

這種情況到底該怎解釋？御子柴看著一覽表，陷入沉思。

眾目睽睽下發生的意外或犯罪行為，目擊者的證詞往往會有細微的出入，一點也不罕見。畢竟是突發狀況，精神上受到衝擊，難以精確記住細節。當然，也可能是事後忘記，導致證詞出現矛盾。複數目擊者的證詞有所出入時，目擊的位置將成為重要的判斷依據。離目標愈近，接收到的訊息愈正確。此外，每個證人的記憶力亦會造成影響。

然而，本案適用這樣的解釋嗎？

在食堂裡，老人們分組就座，並以隔板區別，案發現場的空間十分狹小。除了後來趕到的前原，在場的有稻見、栃野，及五名證人。

這些人離得很近，幾乎伸手就能觸摸得到，為何證詞會出現如此大的差距？

當然，年紀大導致記憶力減退可能是原因之一。何況，其中有三人罹患失智症，證詞可信度值得商榷。

但御子柴總覺得，事情沒那麼單純。

以大方向而言，每個人的證詞如出一轍。不過，若審視細節，會發現每個人的證詞都有一小部分與稻見的供詞不同，而且並非發生在同一環節……顯然有人為操縱的痕跡。所謂的人為操縱，說得更明白點，就是作偽證。

御子柴想起入住者蒙上的那層陰影。

恐懼。

恐懼是生物的本能。正因感到恐懼，人類才懂得迴避危險、訓練自身的能力、確保退路，及思考如何欺騙他人。

類似的例子，在御子柴的經驗中比比皆是。為了避免遭教官責罵或追究責任，大部分院生都練就一身把謊言說得煞有其事的能力。這些人絞盡腦汁編造謊言，並非出於惡意，而是一種自我防衛的手段。

面對「伯樂園」的老人時，御子柴一直有種似曾相識的感覺。他們和當年那些院生有何不同？院生撒謊是為了保護自己，那些老人也一樣嗎？證詞上的出入，是他們在串供時，細節部分的記憶出現誤差？這樣的假設，似乎能為證詞不一的現象，提供一個合理的解釋。

他們為何要撒謊？

撒謊只會有一個目的，就是隱瞞真相。他們隱瞞真相的動機，自然就是心中的恐懼。

只是，御子柴的推論在此遇上瓶頸。到底是什麼讓那些老人感到恐懼？御子柴想出各種假設，要印證的話就必須再見他們一面。今天的拜訪，御子柴深刻感受到不僅是院長和底下的看護師，連住在裡頭的老人面對他時，也流露若有似無的反感。御子柴暗忖，有沒有辦法反過來利用他們的這種心態？

稻見在「伯樂園」內究竟扮演著怎樣的角色？是否遭看護師厭惡及疏遠？回想起來，醫療少年院裡的稻見教官，也是注重個人信念更勝於組織倫理。這樣的人待在僵化的組織裡，肯定會受到排擠，如果又殺了同伴，就更不用說。

該怎麼突破那些老人的心防？御子柴思索著，忽然聽見洋子的呼喚。

「老闆，電話。」

「說我沒空。」

「可是……對方自稱是埼玉縣警的渡瀨。」

埼玉縣警的渡瀨？

御子柴的腦海浮現一張男人的臉。他的長相凶惡，宛如鎖定獵物就會追到天涯海角的獵犬。當初狹山市那件案子，御子柴跟他交手過一次，他早就曉得御子柴的前科。

「好，我接。」

御子柴一接起外線電話，聽著極不舒服的嘶啞嗓音立刻傳入耳中。

「律師先生，好久不見。」

「這是好事，我不想一天到晚看見你，你也一樣吧？」

「從鬼門關前回來，你的嘴還是這麼惡毒。」

御子柴的眼前，浮現對方嘲笑的模樣。

「沒什麼要緊的，我要掛了。」

「聽說『伯樂園』那案子落在你手上？」

御子柴正要扔下話筒，聽到這一句，又拿起話筒。

「你從哪裡聽來的？」

「喂，這是埼玉縣的案子，不刻意打聽，消息也會自動傳入我耳中。何況，我和稻見教官算是有一面之緣。」

「這是起訴的案子，跟你們埼玉縣警無關了吧？」

「遇害的枥野幹過什麼事，你知道嗎？」

御子柴一愣，反問：

「什麼？」

「你是律師，搜尋網路就知道了。找找看十年前的審判紀錄，相信你會發現有趣的東西。」

「為什麼特地告訴我這些？」

「當然是等著看好戲。」

對方隨即掛斷。

一時之間，御子柴的心中充滿厭惡與納悶。這是渡瀨的小小惡作劇，還是一種陷阱？思索半晌，御子柴忽然想起一件事。當初處理狹山市一案，他曾調查渡瀨的背景。探聽的結果，渡瀨是破案率最高的刑警，卻在縣警本部內遭到排擠。由此可知，渡瀨擁有驚人的狩獵能力，卻不是一頭乖乖聽話的獵犬。換句話說，他是組織裡的問題人物。

搞什麼，跟「東京律師公會」的谷崎、「宏龍會」的山崎，不就是同一類人嗎？看來，他和這種人真的很投緣。

姑且不論渡瀨心裡在打什麼算盤，御子柴立刻打開桌上的電腦，登入判例資料庫。這套資料庫，能以判決年月日及原處分單位進行搜尋，只輸入關鍵字也行。

輸入「枥野守」查詢，不到數秒便搜尋到一件判例。看著搜尋結果，御子柴不由得暗罵自己記憶力實在太差。

這起判例的梗概如下：

平成十五年八月六日，往返韓國釜山與日本下關的韓國籍渡輪「藍海號」發生翻覆意外，造成兩百五十一人死亡、五十七人失蹤。在船即將沉沒之際，有乘客以手機錄下甲板上，一名日本籍男子對另一名日本籍女子施暴的過程。地點在船尾，男子毆打女子，強行奪走女子的救生衣。

由於畫質清晰，被害女性的家屬立即出面指認。被害女性名叫日浦佳織，二十歲，獨自前往韓國觀光，在回程的船上遭遇意外。這段影片在新聞媒體上廣為流傳，甲板暴行案頓時成為社會注目的焦點。

警方立即將這名男子逮捕並移送檢察單位，不料，事後引起的軒然大波，遠遠不僅如此。一進入審判階段，男子的律師立即引用《刑法》第三十七條「緊急避難」項，主張無罪。御子柴清楚記得當時社會上的騷動。日本的法庭就「緊急避難」的適當性進行辯論相當罕見，身為法律界的一分子，御子柴也很關心這場審判，留下深刻的印象。

檢察官反對的論點是，縱使「緊急避難」的構成要件成立，但搶奪救生衣導致無辜女子身亡仍有過當之嫌。不過，最後法官採納辯方的論點，判處男子無罪。由於男子施暴的證據只有那段影像，檢察官找不到新證據，自知上訴也難以逆轉判決，因此放棄上訴。男子無罪定讞。

這名男子就是栃野守。

這起引發「緊急避難」爭論的船難，御子柴記憶猶新。只是，他不記得被告的姓名，頗為懊惱。而且，居然是靠縣警的一名警部提醒才發現，他更是氣得想捶胸頓足。不管怎樣，對方畢竟提供寶貴的訊息，御子柴心中多少帶著感激。

御子柴轉念又想，世間真是風水輪流轉。

許多情況即使殺人也不用背負刑責，比如，戰爭、死刑的執行、少年犯罪、《刑法》第三十九條，及「緊急避難」等等。御子柴受《少年法》保護，得以免除刑責，栃野是因「緊急避難」免除刑責，兩人頗有相似之處。但罪行的報應並非僅來自於法律效力。即使逃過法律的制裁，到頭來，也會遭受不同形式的制裁，揹著十字架踏上各各他[5]山坡。御子柴落得必須不斷為犯罪者辯護的下場，栃野則死在退休的教官手中。

兩者都算是得到報應。一邊得到的是永無止境的報應，另一邊得到的是結束在轉瞬之間的報應。

仔細一查，栃野歷經船難後的人生，讓御子柴不禁感慨造化弄人。早在船難發生前，栃野

5 據說，耶穌基督在各各他山坡遭釘死於十字架上。

已是領有執照的看護師。最擅長照顧他人的看護師，卻為了活命搶奪他人的救生衣。獲判無罪定讞，柄野又幹起相同的工作。一下不尊重他人生命，一下又細心呵護他人生命，這樣的人生未免太諷刺。

安養院的院長和職員，會不會早就知道這件事？

雖然柄野獲判無罪，畢竟是為了活命顯露獸性的男人。這樣的男人出現在身邊，任誰都會害怕。原本就存在於老人們心中的恐懼，想必又雪上加霜。

御子柴接著想，怎樣才能讓受恐懼束縛的人，開口吐露真話？設法讓對方感到安心？不，根據御子柴多年的經驗，這樣的想法太天真，難以發揮效果。要戰勝一個人心中的恐懼，最好的辦法是施予更大的恐懼。只要見識到什麼叫真正的恐懼，不怕他們不說出真話……

「老闆！」

御子柴想到這裡，忽然聽見洋子的呼喚。

「什麼？」

「您又在打壞主意了吧？雖然不曉得詳情，但肯定是身為律師不該做的事。」

好會察言觀色……御子柴有些佩服。

「身為一個律師不該做的事？例如？」

「違法或遊走法律邊緣的行為。」
「妳為何認為我有那樣的想法？」
「您露出想做壞事的眼神。」
「看眼神就知道我想做壞事，難道妳有超能力？」
「我不在乎您從前做過什麼，但我在乎您未來將做什麼。請不要做出可能會讓自己站上被告席的事。」
洋子的口氣，簡直像在嚴詞告誡的母親。
「我跟妳提過，妳完全不必擔心。就算這家事務所關門大吉，谷崎律師也會收留妳。」
「我在意的不是這個！」平日溫和的洋子竟有些激動。「您又不是神風特攻隊，或黑道流氓手槍裡的子彈，為什麼老愛把自己逼上絕路？」
「有句話叫『不入虎穴焉得虎子』。」
「有句話叫『君子勿近危』！」
「我稱不上什麼君子。」
「您是聰明人，至少在法庭上表現得相當聰明。日常生活中，也請盡量選擇聰明的做法，算我拜託您。」
洋子有些自暴自棄地扔下這句話，大步走回座位。

仔細一想，洋子不會親眼目睹御子柴在法庭上辯護的模樣。她口中的「在法庭上表現得相當聰明」，只不過是道聽塗說。

假如她看見法庭上的自己，肯定不會再說出那樣的傻話。御子柴暗暗想著。

3

隔天，御子柴再度造訪「伯樂園」時，察覺事態產生微妙的變化。御子柴走進院長室，準備告知來意，便發現院長明顯神色緊張。

「今天有何指教……？」

御子柴十分熟悉院長的眼神。當初在法庭上，前科遭到揭穿時，旁聽席上的人正是露出這樣的眼神。

那是恐懼和逃避的眼神。

約莫有人將御子柴年少時犯下的分屍案告訴院長。他立即決定，反過來利用這一點。

「昨天有些問題沒解決，只好又來打擾……這次不必麻煩職員帶路，我自己來就行。」

既然院長對他畏如蛇蠍，不管要做什麼都能直接宣告，不必徵詢對方的同意。如此一來，也可讓對方明白主導權在他手上。

「是、是……」

角田低著頭，唯唯諾諾地應聲，簡直像一隻嚇得夾著尾巴發抖的狗。

「院長，你知道遇害的栃野曾遭起訴嗎？」

「咦？」

角田似乎是打心底感到驚訝。

「大約十年前，栃野在旅行時遇上船難，混亂中他害死一個女子。但審判的結果，他獲判無罪……你真的不知道？」

角田罹患瘧疾般猛搖頭，反應自然，不像在演戲。

由於栃野是船難受害者，新聞媒體沒報出他的真實姓名。當然，他的本名早就在法律界傳開，但除非是業界人士，否則不可能光聽到名字，就想起十年前的案子。

「沒想到栃野殺過人……」

「如今輪到他被殺死，或許算是因果報應。這年頭，看到犯罪卻沒受制裁的人走在路上，一點都不稀奇。」

角田再度低下頭，不敢直視御子柴。

御子柴一踏出院長室，便撞見前原。看到御子柴，他竟驚惶地後退三步。御子柴有些哭笑不得。他的表情比角田更誇張，彷彿碰上手持凶器的殺人魔。

昨天還出言不遜，今天態度卻一百八十度轉變，御子柴忍不住興起捉弄之心。前原這種見風轉舵的心態，該給點教訓。

「前原先生，你怎麼了？」

「呃……沒什麼……」

「你似乎很怕我？是不是聽到關於我的謠言？」

前原胡亂應一聲，掉頭在走廊上狂奔，背影猶如喪家之犬。

按這局面看來，恐怕不僅是職員，連入住的老人也都知道御子柴的過去。想通這一點，他內心的壓力減輕不少。

昨天，他對洋子那番話嗤之以鼻，但不必靠違法的恐嚇行為取得證詞，未嘗不是好事。只要一靠近，對方就會感到恐懼，而且不構成任何犯罪。講得難聽點，是對方感到害怕，與御子柴無關。在御子柴看來，可說是達到事半功倍的效果。

御子柴早就習慣因「屍體郵差」的名號，導致眾人退避三舍，或背後遭到指指點點。人類本來就是一種會對不熟悉、不理解的事物，感到忌憚、避諱，並試圖排除的生物，御子柴有深刻的體會。要是他的惡名能為稻見的辯護提供幫助，當然得善用。

一走進交誼廳，他很快看到久仁村。

久仁村與其他老人在閒聊，注意到御子柴的身影，頓時皺起眉，彷彿撞見汙穢的東西。光從此一反應，便能確定他曉得御子柴的前科。

「又是你？」

「當然，稻見的律師只有我。」

「稻見沒錢請律師，即使有律師也是公設的。你這麼熱心跑到這種地方來調查，我不禁有些納悶，因為公設律師不太可能幹這種事。現在我終於明白，聽說稻見曾是少年院裡的教官，你和他原本就認識吧？」

久仁村掌握的消息相當正確，御子柴頗為佩服。

「關於我的事，你是聽誰說的？」

「想向洩漏你底細的人報仇？」

「不，我純粹是好奇。」

「我只能告訴你，是某個職員。」

「那個人是從網路上看來的？」

「大概吧，昨天他得意洋洋地到處向人吹噓。」

御子柴的腦海驀地浮現前原的臉。昨天御子柴離開後，想必他上網以御子柴的名字進行搜尋，得知御子柴就是「屍體郵差」，於是立即將這個大消息告訴角田院長和院內所有人。那男人很可能做出這種事。

「久仁村先生，你怕我嗎？」

「活到這個歲數，能讓我害怕的事不多了。就算面對死亡，我也不在乎。我只怕……」

說到一半，久仁村突然住口。

「你只怕什麼？」

「沒什麼……我天不怕地不怕，將來下地獄，我要在三途河畔跟鬼玩相撲。」

最後一句是傳統民謠的歌詞。他以為這麼說會顯得瀟灑，但在御子柴眼中，他不過是在虛張聲勢。

「好吧，先不談這些。栃野曾因傷害罪遭到起訴，你知道嗎？」

「咦？」

「十年前，一艘從釜山前往下關的渡輪遇難，你有印象嗎？」

「噢……記得死了很多乘客，還有日本人搶奪同胞的救生衣被捕。」

「當時攻擊女人、強奪救生衣的男人，就是栃野。」

久仁村聽得瞠目結舌。

「原來是他……」

那副瞪大雙眼的吃驚模樣，若是在演戲，應該能得奧斯卡金像獎。

「對了，久仁村先生，你嘴角紅腫，是最近受的傷吧？是撞傷，還是被誰揍？」

久仁村急忙掩住口，但旋即明白已太遲，只好放下手。

「這是摔倒撞傷的。」

「哦，摔倒？明明鋪著地毯，怎麼摔才能傷成那樣？」

「上了年紀，身體總是比較不中用啦。」

御子柴湊過去，久仁村一驚，後退一小步。

「你是不是有所隱瞞？」

「我……我沒有。」

「哦，真的嗎？」

御子柴淡淡一笑。藉由日常生活中得到的經驗，御子柴深知怎麼笑才最令人毛骨悚然。

「上了年紀，膽子會不會跟身體一樣不中用？你剛剛說，要在三途河畔和鬼玩相撲，如果對手是惡魔，你敢不敢？」

「惡……惡魔？」

「除了『屍體郵差』這個大眾熟悉的綽號，其實我還有一個綽號，就是『十四歲的惡魔』。這個綽號比較沒特色，並未流傳開來，但我挺中意。三途河畔的鬼，或許願意開開心心玩相撲，但惡魔才不幹那種事。惡魔喜歡悄悄接近背後，以最痛苦的方式結束一個人的性命。」

久仁村的眼中掠過一抹恐懼之色。這樣的用字遣詞，還稱不上是恐嚇。

「另外，提醒你一點，惡魔聰明又固執，能夠輕易挖出你隱藏的祕密。接著，如同你說的，惡魔會開始報仇。不管是誰，只要意圖陷害我的委託人，都不值得同情。惡魔一定會利用各種權力，千方百計把這些人推入地獄。」

「我……我不怕你這種威脅……」

「這不是威脅，是忠告。」御子柴湊得更近。「狡猾的惡魔熟悉各種詭計，絕不會弄髒自己的手。久仁村先生，勸你別太小看惡魔。在你後悔前，不如坦白藏在心底的祕密。」

這幾句話發揮效用，久仁村嚇得面無血色。但繼續說下去，恐怕會超過構成恐嚇的界線。

「或許你很討厭惡魔，但有些事只有惡魔辦得到。要救稻見的命，我只能仰賴邪惡的力量。」

久仁村流露迷惘的眼神，似乎拿不定主意，不知該不該吐露祕密。

「請讓我拍張照。」

話一出口，御子柴立即以預備好的數位相機，拍下久仁村的臉。久仁村措手不及，沒抬手遮掩。

「你慢慢想，下定決心再聯絡我。」

御子柴輕拍久仁村的肩膀，尋找下一個目標。

後藤抓著牆邊的扶手，在走廊上前行。他全神貫注地看著腳邊，沒注意到有人靠近。御子柴輕聲呼喚，他嚇得靠在扶手上。

「抱歉，打擾你復健。」

「啊……啊……啊……」

後藤恐懼的程度，與角田、前原相比，可說是有過之而無不及。嚇得六神無主的對手，一開始不能逼得太緊。御子柴刻意與後藤保持約三公尺的距離。

「看你的表情，應該曉得我從前做過什麼事。」

「走……走開……你走開……」

「我只問兩句，馬上就走。後藤先生，你知道栃野殺過人嗎？」

後藤的表情沒變化。剛剛看到御子柴，他嚇得臉皺成一團，此刻卻只是拚命避開御子柴的視線。

原來如此……

「看來你早就知道，是栃野本人告訴你的？」

「啊……嗚……」

「而且，栃野不是要懺悔過錯，而是要威脅你，逼你乖乖聽話。」

後藤沒反駁，腦袋垂得愈來愈低。

御子柴從未見過栃野，卻能鉅細靡遺地想像出栃野威脅後藤的手法。首先，嘲笑那雙因骨質疏鬆症疲軟無力的腿，接著責罵他為何大小便失禁，最後……

御子柴一聲不響地上前，抓住後藤的襯衫衣襬，一口氣往上翻。

「啊啊啊……」

後藤發出有氣無力的哀號，御子柴沒理會。一看見後藤的上半身，御子柴不禁皺起眉。後藤的胸口到腹部，遍布著瘀青與擦傷。御子柴取出數位相機，近距離拍下這幕可怕的景象。

御子柴輕輕放下衣襬，後藤羞慚地別過頭。

「非常抱歉。」御子柴低頭鞠躬。不知對方能否理解他的用意，道歉是最好的辦法。「我不該突然做出這種失禮的舉動，但這是為了替稻見辯護，請你諒解。我沒有取笑，或輕蔑你的意思。」

仔細一瞧，後藤的眼眶含著淚水。可惜，老人的淚水不足以撼動御子柴的情感。他快步離開，尋找下一名證人。

第三名證人臼田坐在食堂裡。耀眼的光線透進大窗，坐在輪椅上的老人卻窩在牆角，彷彿在躲避著直射的日光。

「臼田先生。」

御子柴呼喊一聲。臼田毫無反應，御子柴並不在意，筆直走近。

來到臼田的正前方，臼田終於抬起頭。失焦的瞳眸與昨天沒兩樣，御子柴不禁擔心無法順利溝通。但可以確定一點，這名老人的意識相當清楚。

「你知道栃野殺過人嗎？」

臼田如雕像般靜止不動，姿勢好似羅丹的《沉思者》，只差沒以手背抵住下巴。御子柴耐心等候這座雕像重獲生命。

「栃野先生……殺了人……」

臼田終於開口，但聲音嘶啞難辨。

「這是栃野親口告訴你的？」

「栃野先生……殺了人……在海上……殺了人……！」

臼田扯開喉嚨大喊。在旁人眼裡，或許只是失智老人發出毫無意義的嘶吼。然而，從老人口中迸出的卻是真相。患有溝通障礙的臼田，能將十年前那起船難說得如此清楚明白，一定是身旁的人告訴他。這個人就是栃野。

「抱歉，臼田先生。」

御子柴小心翼翼拉起臼田的睡衣，臼田完全沒抵抗。不出所料，臼田的上半身也有不少瘀青和擦傷。雖然看上去都是舊傷，但老年人新陳代謝較差，疤痕遲遲沒消失。

御子柴拍完照，將睡衣恢復原狀。

「失禮了。」

御子柴輕輕鞠躬，抬頭環顧食堂。

隔板包圍一張張桌子。這些隔板就像牆壁，擋住各組成員的視線。還不到用餐時間，桌上空蕩蕩，若隔板再低一些，看起來好似圖書館。

御子柴轉身離開。下一個證人，多半是在那個地方。

走近花壇，果然看見小笠原奶奶。今天CD播放機隱約傳出的，同樣是莫札特的樂曲。

「妳喜歡莫札特嗎？」

聽到御子柴的話聲，小笠原奶奶立刻有所反應。

「御子柴律師，你也聽莫札特的曲子？」

「不，我只聽貝多芬。一聽莫札特，我就忍不住想睡。」

「莫札特的曲子有助於增加腦波中的α波，最適合用來放鬆心情……所以過去有一陣子，十分流行聽莫札特的曲子。」

「聽妳的語氣，似乎對流行很不以為然？」

「我只是認為隨波逐流的人不值得尊敬，你也有同感吧？」

「我能坐下嗎？」

「請便。」

御子柴在對面坐下，小笠原奶奶更顯得嬌小。

「妳是不是聽誰提到我的過去？」

「不是我故意探聽。對方大聲嚷嚷，連我這個老太婆也聽得一清二楚。」
「妳不怕我？」
「一點也不。」
「為什麼？」
「我這個年紀的老人，看多從戰場回來的士兵。那些士兵個個殺人如麻，我很清楚一般人也有被迫殺人的時候。」
「在戰場上殺人，與出於興趣殺人完全是兩回事。」
「不，沒什麼不同。假如是非對錯會因條件或時代而不同，不是非常荒謬嗎？啊，不過，這只是我一個平凡老太婆的想法，大律師聽來應該十分可笑吧。」
「律師不見得能看穿人性的本質。雖然我曾把人肢解，還是不清楚人是怎樣的生物，甚至說不出自己到底是誰。」
「難道你會一直殺人，直到獲得答案為止？」
「當律師為委託人辯護，有時能在一瞬間看透人的本性，或許算是一種補償心理吧。」
「那我就安心了。」
「怎麼說？」
「像你這麼優秀的律師，絕對不怕丟飯碗，這個補償心理會一直維持下去。」

御子柴搖搖頭，實在拿這個老奶奶沒辦法。

「對了，今天有何貴幹？總不會是來陪老太婆聊往事吧？」

「確實是來聊往事。小笠原奶奶，妳知道栃野曾遭起訴嗎？」

「遭起訴……？是車禍之類嗎？」

「不，是傷害罪。在一艘即將沉沒的船上，他毆打另一名女性乘客，搶奪救生衣。」

御子柴接著敘述那件案子的來龍去脈，小笠原奶奶的表情逐漸變得陰鬱。

「後來法官怎麼判？」

「一審宣判無罪。如果找不到新證據，就算上訴也很難逆轉，所以檢察官沒上訴，最後無罪定讞。」

「真讓人不舒服。」小笠原奶奶咕噥。

「這不也是普通人行凶卻沒受到制裁的案子？」

「是嗎？我倒不這麼認為。對傷害生命毫無感覺時，就不算是普通人了。」

果然不出所料，御子柴暗想。

「小笠原奶奶，恕我提出失禮的請求……能不能讓我看妳的手腕？」

小笠原奶奶沒想到御子柴會這麼說，愣愣注視著御子柴。

「妳應該猜得到，我想確認什麼吧？」

「你怎麼發現的……？」

「同組的人都有一樣的遭遇。」

兩人互望一眼，停下動作。

半晌後，小笠原奶奶率先動作。她微微低下頭，捲起襯衫的右邊袖子。皮膚上果然有數道瘀青。

「請讓我拍張照。」

小笠原奶奶沒拒絕，於是御子柴拍下手腕的照片。

御子柴一道謝，小笠原奶奶立即放下袖子，似乎認為是一件丟臉的事。

「為什麼妳沒揭發這件事？」

小笠原奶奶沒回答。

「第一次踏進『伯樂園』，我就覺得不太對勁。每個人都在害怕著什麼。而且在提到那些看護師時，你們一定會加上『先生』兩字。」

「我早猜到會是這樣的結果……」小笠原奶奶揚起嘴角，眼中卻毫無笑意。「不管置身在多麼異常的環境，習慣後就不會認為那是異常了。」

「你們遭到虐待，對吧？」

「律師先生，你知道這裡有監視器嗎？這些監視器相當有趣，唯獨對裝設監視器的人不利的言行舉止才會被錄影下來。」

她指的應該是作為眼線的前原那幫人吧。

「一旦表現出對他們不利的言行舉止，事後就會受到處罰，因此沒人敢講真話。但這次是你擅自拿照相機拍照，不能算是我們的錯。」

「妳不打算告他們？」

「我們像是籠中的鳥，一旦離開這裡，再也沒有棲身之所。何況，我們缺乏和他們對抗的意志力與體力。」

小笠原奶奶的語氣，不再充滿自信。

御子柴輕輕起身，說道：

「今天我先告辭，過陣子還會再來打擾。」

「請務必提高警覺。」小笠原奶奶柔聲叮囑。

居然有人願意關心自己，御子柴有些驚訝。

「別擔心，他們不過是一群只敢欺負病人及高齡人士的傢伙。」

對方做的事不過是虐待老弱，我卻跨越殺人的那道界線……御子柴有股衝動想這麼說，但沒說出口。

最後一名證人在交誼廳裡。

粆山壽美坐在輪椅上一動也不動。她既沒在看，也沒在聽，僅僅是坐在那裡，宛如擺飾品。

漆澤伴隨在粆山奶奶的身旁。說是伴隨，卻沒和她交談，也沒提供任何照顧，只是站在稍遠處把玩手機。

「請你暫時迴避。」

御子柴的話一出口，漆澤發出短促的驚呼，手機差點摔在地上。看來，即使是體格壯碩猶如摔角手的看護師，也為「屍體郵差」這個恐怖的稱號震懾。

「我不能丟下入住者不管。」

目前為止，你給過她怎樣的照顧？御子柴忍不住想譏諷，但沒說出口。

「只是幾個問題，花不了兩、三分鐘。」

「問題？她這副模樣，能回答你的問題嗎？」

「你們看護師有專業技術，律師當然也一樣。」

「可是……」

「角田院長答應讓我自由行動，不信大可去問他。」

聽到角田的名字，漆澤不由得咂嘴，悻悻然走出交誼廳。

雖然成功支開漆澤支，但避免夜長夢多，得趕緊行動。

確認周圍沒有任何看護師，御子柴捲起粆山奶奶的睡衣衣襬。不出所料，腰際有三處瘀青，背上有兩處。御子柴近距離拍完照，趕緊將睡衣恢復原狀。值得慶幸的是，籾山奶奶從頭到尾都沒發出聲音。

該問的話都問了，該拍的照也拍了，只剩下回事務所整理證據。

御子柴不打算向角田院長辭別，直接步向門口。門前擋著數個男人，全是看護師，前原和漆澤也在其中。

即使不看眾人臉色，御子柴也猜得出，這些人不打算輕易放他離開。

前原率先開口：

「律師先生，你似乎拿著照相機在院裡亂拍，還幫那些爺爺和奶奶拍裸照？」

「是啊，他們的肉體真是讓我著迷。製作成寫真集拿到市公所的福祉部或是埼玉縣警本部，應該能賣個好價錢。」

「畢竟他們年事已高，難免摔跤或撞到東西，在身上搞出一些傷。」

「是嗎？那些瘀青和傷痕的形狀很像，顯然是被同樣的道具毆打的痕跡。只要詳細分析，多半能查出使用什麼道具。」

「律師先生，你可能誤會了……」

「這件事非常單純，就是看護師對院內老人施暴。」

話一出口，前原等人的敵意倍增。

「強逼那些老人稱呼你們看護師為『先生』，施以日常性的虐待。而且，你們專挑穿上衣服後看不到的位置下手，或許還會處罰不聽話的老人不准吃飯。等司法機關介入，多半能查出更多內情。」

「你根本不曉得看護工作多麼辛苦。」前原忿忿不平，「你曾和罹患失智症的老頭子、老太婆相處一整天嗎？辛辛苦苦準備好的飯菜全被撒在地上，不管走到哪裡都隨地大小便，你知道清理那些排泄物有多悲哀嗎？只不過是想讓他們接受治療，他們卻像野獸一樣拚命反抗。亂扔物品、揮拳、咬人……你知道一邊照顧，一邊提防受傷的情況有多可怕嗎？每天忙到三更半夜，都不能好好休息，因為有些老人會胡亂喊叫或四處遊蕩。從白天到黑夜，沒有一刻能鬆懈，你知道有多辛苦嗎？這些老人根本不具備一般人的判斷能力，不稍微強硬地對付他們，這工作根本幹不下去。」

「你挑錯對象了，這些都與我無關。」

御子柴毫不留情。

再逼不得已，畢竟是無法獲得原諒的事。這家公立安養院名義上的經營者是社會福祉法人，實際上卻接近私人經營，無法產生有效的內部牽制，導致不應發生的異常現象變成常態。職業倫理蕩然無存，加上信念本身不復存在，沒有任何力量能加以矯正。只要是封閉的組織或機構，多少都有這樣的問題。

「看你們的人數，應該不是看護師單獨行動，而是受到角田院長的指示吧？」

「交出數位相機。」前原踏出一步。「只要你交出來，並忘掉今天看見的一切，我可以放你一馬。」

真是無可救藥的笨蛋。看來，他們早習慣靠暴力解決問題，如今連談判也想訴諸暴力。這種做事不用大腦的愚蠢之輩，跟「宏龍會」的山崎有著天壤之別。

「退開，我沒時間陪你們瞎攪和。」

御子柴不想再與他們糾纏下去。

對方似乎豁出去，步步逼近御子柴，個個面目猙獰。

「別小看我們。每天應付那些難纏的老人，我們早練就一身蠻力。」

「洩漏我的前科的人，就是你吧？」

「那又怎樣？」

「或許你們很習慣在日常生活中使用暴力，但你們殺過人嗎？」

男人們一聽，全停下腳步。

御子柴暗笑。不過是隨口嚇唬一句，他們馬上就退縮。

「你們體驗過刀尖埋進肌肉裡的感覺嗎？你們知道掐住一個人的脖子時，怎麼確認還有沒有呼吸嗎？你們曾目睹一個人的眼球逐漸變成普通的玻璃珠嗎？」

「哼……你殺人是很久以前的事了。」

「你們知道犯罪者的再犯率高達六成嗎？站在過來人的立場，我告訴你們一件事。一旦殺過一個人，殺第二個人就不會有絲毫遲疑。殺人將變得不痛不癢。像你們這種只會在日常生活中虐待老人的貨色，恐怕永遠沒辦法明白。」

「現在你是律師，怎麼可能動手殺人……」

「這麼多人對付我，就算我殺掉幾個，也能聲稱是正當防衛。何況，我身為律師，當然知道怎麼逃避法律刑責。」

御子柴踏出一步，前原等人反倒退後一步。

「我懂得殺人，也懂得逃避制裁……」

御子柴走近前原，湊上去。前原怕得瞪大雙眼。

「敢擋我的路，你們不要命了嗎？」

前原發出女人般的驚呼，癱軟在地。

試圖利用恐懼掌控別人的人，往往最容易遭恐懼掌控。看護師紛紛退避，遠離御子柴。御子柴大搖大擺走出「伯樂園」。

此刻，他的心情奇差無比。

4

遭到起訴後，稻見被移送至埼玉看守所分所。

在會客室等待約五分鐘，刑務官推著稻見的輪椅走出來。

「看你的表情，應該是掌握到什麼新事證吧？」

稻見劈頭便這麼說。

「我看穿你的想法，你似乎很驚訝？在察言觀色上，我挺有自信。好了，你究竟查到什麼？」

御子柴默默從懷裡掏出幾張照片，貼在壓克力隔板上。上頭滿是「伯樂園」入住者遭虐待的痕跡。

稻見湊近壓克力隔板，凝望半晌後，輕輕歎氣，猶如洩了氣的皮球。

「你去過幾次『伯樂園』？」

「昨天是第二次。」

「才去兩次就找到這麼多證據，真是厲害的律師。角田院長和前原竟沒發現，實在不可思議。」

不是沒發現，而是擋不住他。

但御子柴沒進一步說明，因為不知得花多少時間。

「你居然能在那種地方忍受五年……」

「我只是無處可去而已，選到那種地方算我倒楣。」

「你沒反抗？」

「當然有。」稻見若無其事地應道：「雖然腰部以下動彈不得，但我對腕力還算有自信。幸好那些人對我這種精力充沛的老人忌憚三分，可惜一旦被拉下輪椅，就什麼也做不成。」

聽到稻見的解釋，御子柴恍然大悟。對於有能力抵抗的入住者，也就是擁有溝通表達能力的老人，他們不敢明目張膽地虐待，但對於缺乏溝通表達能力的老人則下手毫不留情。換句話說，講話愈大聲的老人，受到的暴力虐待愈輕微。

「十年前，枥野曾因某件案子遭到起訴。」御子柴接著道。

「似乎是如此。」

「你知道？」

「我聽見枥野藉此恐嚇後藤。」

「枥野沒告訴其他入住者？」

「胡亂聲張只會徒增眾人的恐懼，對他沒好處。」

「栃野多半是拿這件事，當成恫嚇的手段。沒辦法反駁或抵抗的老人，他會抖出自己往昔的罪行，補上一句『不乖乖聽話，就會像那女人一樣死在我手裡』。」

「那些看護師都向你吐實了？」

「看護工作沒你們想的那麼簡單，要保護自己不被凶暴的老人攻擊，就必須使用強硬的手段……這是他們的主張。」

「這些話有沒有讓你想起什麼？」

「早在聽到這些話之前，我就想起來了。那家安養院的氣氛，跟關東醫療少年院一模一樣。」

如今回想，打一開始御子柴就覺得那裡的環境似曾相識。封閉的氛圍、壓抑的怨念、危險的視線……全是當年醫療少年院內蔓延的現象。

「你記得柿里教官嗎？」

怎麼可能忘記？柿里是負責教育的教官，為人卻陰狠至極，喜歡欺負看不順眼的院生。當時，御子柴有個常聊天的同伴，甚至被柿里逼得自殺。

「柿里總在教官室發牢騷……說什麼一般人根本不清楚少年院的狀況，被那群隨時可能犯罪的小鬼包圍，我們的處境不知有多危險。然而，社會大眾卻滿心以為犯罪少年能改過向善。我們要一邊保護自己，一邊引領那些臭小鬼重新做人，實在是不可能的任務。教官肩上的擔子如此沉重，薪水卻少得可憐，簡直讓人幹不下去。」

確實很像柿里教官會講的話。這樣的論點，與前原有異曲同工之妙。

「你應該也發現，柿里與前原基本上是五十步笑百步。一個認為自己沒錯，另一個明知不妥，仍深信別無辦法。這樣的人到處都是。」

「但你和他們不同。」

「所以才會受到排擠。當初在醫療少年院是如此，到『伯樂園』還是一樣。」稻見露出苦澀的微笑。「當我一進安養院，從管理者變成受管理者，深深體會到一件事。進入少年院的孩子，與進入安養院的老人有許多不同之處，卻有一個共通點，就是無法與社會共存。負責照顧這些人的教官和看護師，有著相同的本質。要管理一個隨時不知會做出什麼事的異己集團，最簡單的方法，就是利用恐懼進行控制。」

「稻見教官，栃野曾對你動粗嗎？」

「有過幾次。」

「傷痕還在嗎？」

稻見轉過身，豪邁地拉起襯衫。

背上浮現數道交錯的長條狀瘀青。

「他推倒我的輪椅，以拖把的柄不斷毆打我。一旦上了年紀，傷痕就不容易痊癒。」

稻見放下襯衫，轉過頭，神情異常平靜。

「比起剛剛那些照片，我的傷輕微許多吧？這證明他們對我有所顧忌。」

稻見像孩子般得意洋洋。

「這才是真正的動機？」

御子柴自認口氣嚴峻，但稻見溫和的表情毫無變化。

「日復一日的虐待行為……而且對象不單是你，還有比你弱勢、手無縛雞之力的老人。你無法忍受這種情況，於是殺害栃野，是嗎？」

「大致上沒錯。打一開始我就提過，我是出於憎恨才殺害栃野。憎恨的理由，除了挨揍之外，還包含他恣意欺侮院內的老人。」

「當初為何沒告訴我？」

「那家安養院最愛使用暴力的是栃野，每個人都隱約察覺，我是不滿這一點殺死他。經過這件事，前原、漆澤那幫人應該會收斂許多。栃野的死，是給他們的當頭棒喝，相信他們不敢再隨便虐待老人。」

「為何不控告栃野或其他職員？」

「告他們一點也不難，只要由優秀的刑警負責調查，多半能將院長及數名職員依傷害罪嫌逮捕。但這會造成什麼結果？『伯樂園』是角田家族以個人經營的方式維持營運的福祉法人，一旦角田和職員都被抓起來，『伯樂園』勢必會關門大吉。原本住在裡頭的老人該何去何從？哼，根本不會有人願意接手照顧。這不是有沒有好心人的問題，而是沒地方收容他們。」

原來稻見保持沉默，是要避免「伯樂園」陷入更大的困境……

「稻見教官，這或許是個轉機。」

「轉機？」

「我看過你的訊問筆錄。」

「哦，有什麼感想？」

「那是最糟的筆錄，從殺害栃野的動機到犯案的過程，全描述得繪聲繪影。檢察官只要握有那份筆錄，基本上我們是輸定了。」

除了訊問筆錄之外，作為凶器的花瓶也是一大問題。栃野頭頂致命傷的形狀與花瓶完全吻合，而且稻見留下明顯的指紋。

由於是在午餐時間發生的案子，同組的老人都目擊稻見持花瓶毆打栃野。御子柴拜訪「伯樂園」時，除卻無法交談的籾山壽美，久仁村、後藤、小笠原、臼田等人都說出相同的證詞。機會、動機、方法、全面認罪的訊問筆錄……檢察官掌握充分的武器。辯方不可能推翻過失致死的罪名，只能強調稻見的年齡及擔任法務教官的資歷，懇求法官從寬量刑。

如今若能針對死者的惡行惡狀進行反擊，或許還有一絲反敗為勝的希望。

「你身上帶著傷，算是不幸中的大幸。」御子柴繼續道。

「喂，你在說什麼？」

「『伯樂園』的入住者，每天都活在栃野的暴力陰影下，栃野甚至將昔日犯下的罪行拿來當威脅的手段。面對這種人的挑釁，誰都會認為生命遭到威脅，何況對方曾對你施暴。以這樣的論點主張正當防衛，應該行得通。」

「正當防衛啊……不過，我抓著花瓶，栃野卻手無寸鐵，算是防衛過當吧？」

「如果你四肢健全，或許是防衛過當，但你半身不遂，應該能獲得諒解……」

「不，這不是事實。那根本不是什麼正當防衛。」稻見打斷御子柴的話。

「教官！」

「我不是說過，別叫我教官嗎？聽著，御子柴，不論理由為何，我殺了人是事實。再優秀的律師，也不能扭曲這一點。而且，我不想編造各種理由，只求脫罪。」

「別說傻話，你以為我今天為何坐在這裡？」

「不管你怎麼為我辯護，我都會請求法官給予公正的制裁。」

「你這是在自殺！」

「不為犯過的錯贖罪，等於否定我全部的人生。」

稻見一生中曾指導無數少年罪犯，看過無數少年重拾人生，這句話出自他的口中，極具說服力。

只是，御子柴情感上無法接受。

「教官，請適可而止。」

「冷靜聽我說，我今年七十六歲，以平均壽命來看，只能再活四年。你明白這代表什麼意思嗎？就算我被判傷害致死定讞，你覺得我會先離開監獄，還是先離開人世？依我的年紀，恐怕是後者吧？」

稻見說得一派輕鬆，彷彿事不關己。

「反過來想，就算憑著你高超的辯護能力爭取到減刑，能減幾年？即使獲得緩刑，等人生大限一到，又有什麼不同？不管是死在監獄裡、『伯樂園』熟悉的房裡，或醫院的病床上，對我來說都一樣。」

「你的意思是，要我什麼都別做？」

「不，只要做好你分內的事，別指望我和你同心協力。唯有冤獄和量刑過重的情況，犯罪者與律師才需要團結一致。」

聽到這番話，御子柴再度感到天旋地轉。

被告為了保護自己的人生而奮鬥，律師則為了保護委託人而奮鬥，正因利害一致，雙方才能在法庭鬥爭中攜手合作。

同。

可是，這名年老的被告卻拒絕接受律師的協助。他斬釘截鐵地宣布自己的目標與律師不

御子柴有種一切遭到否定的感覺。而且，否定他的竟是稻見，他的胸口彷彿壓著一塊重石。

「差不多了吧。談這麼久，我累了。」

在稻見的示意下，刑務官走過來。

「再見。」

稻見揮揮右手，離開會客室。

待在事務所的洋子，見御子柴回來，狐疑地問：

「老闆，發生什麼事嗎？」

「為何這麼問？」

「不……沒什麼……」

以為臉上沾到東西，御子柴望向窗戶。由於天色已暗，玻璃映出他的模樣。

御子柴驚覺，自己的表情簡直像賭馬輸光全部財產。

「您似乎很疲憊。」

「有沒有留言？」

「沒有。」

「今天沒留言是好事。」

御子柴走到辦公桌前坐下，隨即翻開稻見凶殺案的搜查紀錄。

——只要做好你分內的事……

腦中響起稻見的話。

——你覺得我會先離開監獄，還是先離開人世？

一股怒火沿著御子柴的胸口向上延燒。以往御子柴接觸過的委託人，大多是膽小、狡詐、自私、固執，不見棺材不掉淚的可悲之人。幫助這樣的人在法庭上獲得勝利，御子柴總會獲得不小的快感。

稻見完全相反。大膽、率真、不願苟且偷生，簡直像是祈求天降懲罰的虔誠信徒。別開玩笑了，御子柴在心中暗罵。運用黑道勢力才順利當上稻見的辯護人，如今卻變成小丑。

他憑什麼認定自己大限將至？萬一他的壽命還長得很，該如何是好？難道他要在牢裡蹲十年以上？

不，絕不能讓這種情況發生。

一定要在稻見那張嘴仍有力氣抱怨前，將他救出苦窯。

然而，御子柴反覆翻看，搜查紀錄都沒有瑕疵。

司法解剖鑑定書，由浦和醫科大學的法醫學教室製作。負責執刀的光崎藤次郎教授，是業界首屈一指的權威。鑑定書的內容寫得鉅細靡遺，死因為遭鈍器毆打造成腦挫傷，結論毫無可議之處。還附上凶器的花瓶底部特寫，與傷口特寫的比較照片，可謂罪證確鑿。

由於案發現場的空間狹小，照片不多。但這些照片清楚拍下倒地的栃野、被鮮血染紅的地板、桌椅位置及凶器的花瓶等等，沒有任何遺漏。花瓶的瓶身細長，幾乎只能插一枝花，稻見要緊握一點也不困難。根據報告中附的特寫比較照片，可看出花瓶上的指紋，與稻見的指紋完全相符。

訊問筆錄也找不到疏漏。如同御子柴對稻見的抱怨，這份筆錄從動機到行凶過程，沒有任何不自然的環節，想必會成為法官最重視的證據。

想在審判中獲勝，唯一的辦法就是揭露筆錄中沒提到的死者惡行。包含栃野曾在船難中搶奪女乘客的救生衣，及在安養院裡每天虐待入住者，導致老人們活在恐懼中。只要栃野在法官心中的形象愈差，稻見的處境愈能博得同情。若能讓法官相信，受虐待的恐懼會引發攻擊的本能反應，正當防衛的論點也就站得住腳。

要達成目標，無論如何必須取得「伯樂園」那些老人的證詞，而且證人愈多愈好，遭遇愈悲慘愈好。一旦建立起栃野虐待弱者的形象，法官對他的同情便會相對減少。稻見不希望這些老人流落街頭，絕不會贊成，但為了在審判中獲勝，非做不可。那些老人平日受栃野等看護師凌虐，想必懷恨在心。花點時間溝通，要讓他們站上證人席並不難。

以上就是辯護的基本方針。此外，得找出足以證明稻見是正當防衛的輔助證據。不管其他老人多害怕栃野，若無法證明稻見本人也對栃野抱持恐懼，說服力會大打折扣。

那麼，試著在老人們的證詞裡加油添醋？事先套好話，讓他們作證稻見平日有多怕栃野。畢竟稻見太善良，若非潛意識裡極度恐懼，實在難以相信他會在發生口角後，衝動拿武器攻擊對方。從這個角度來想，要那些老人指證稻見害怕栃野，倒也不算唆使他們作偽證。

想到這裡，御子柴的思緒中斷片刻。

腦袋深處總覺得哪裡不對勁。這樣的念頭如疙瘩卡著，他無法專心思考。

不過，御子柴曉得這是靈感降臨的預兆。

於是，他翻回搜查紀錄的第一頁。既然疙瘩是在閱讀紀錄的過程中出現，從頭仔細審視，應該能找出問題的癥結。

解剖鑑定書……

屍體照片……

現場照片……

凶器……

訊問筆錄……

接著，御子柴回想當初前往「伯樂園」看見的景象。正面大門、院長室、食堂、交誼廳、走廊、花壇……

瞬間，御子柴靈光一閃。

他拿起一張照片。

凝視著照片，疑惑如烏雲不斷湧現。

這個東西為何會出現在這種地方？沒道理啊……

御子柴的目光，幾乎要貫穿那張照片。

第三章

證人的怯懦

1

三月十八日，看護師毆打致死案於埼玉地方法院第四〇三號法庭，第一次開庭。

御子柴一進入法庭，室內空氣彷彿頓時凍結。走向辯護人席途中，御子柴感受到旁聽席射來一道道尖刀般的銳利視線。

「那傢伙就是『屍體郵差』園部信一郎。」

「以為換名字就沒人認得出嗎？」

「他坐錯位置了吧？不是該坐在被告席嗎？」

新聞媒體報出稻見的案子，但今天旁聽席坐滿的唯一理由，是辯方律師殺過人。近年，基於個人興趣到法院旁聽審判的好事者愈來愈多，剛剛那些接近謾罵的竊竊私語，想必就是出自這些人的口。前任律師敦賀的預測，果然一語中的。

能滿不在乎地說出興趣是到法院旁聽的人，御子柴感到十分不可思議。那些人或許以為這是很有個性的興趣，其實偷窺和看熱鬧正是猥瑣小人的共通點。他們想看被告在法庭上的言行舉止，想見識檢察官與辯護律師之間你來我往的攻防，不過是鄙俗的好奇心作祟，並不值得誇耀。

不管旁聽席上的觀眾怎麼想，反正事不關己，當成空氣就行。重要的是，坐在法官席上的三名法官及六名裁判員的看法。

一般來說，受過訓練的法官在開庭時都懂得屏除先入為主的觀念。他們明白自身的判斷不能受被告或辯護人的思想、宗教及來歷影響。

但裁判員不同，雖然事先受到再三提醒必須捨棄偏見，畢竟沒受過司法的基礎訓練。在他們眼裡，辯護人並非御子柴，而是「屍體郵差」園部信一郎，這是無可避免的狀況。換句話說，這六人打一開始就對御子柴抱持負面的偏見，若不能以誠摯的態度冷靜應對，將難以撼動他們的決定。

御子柴往日的辯護方式，大多採聲東擊西的戰術，藉由澄清證人的發言並非事實，推翻法官原本的判斷。御子柴靠著這樣的手法打贏不少官司，與總是淡淡陳述事實的檢察官有天壤之別。正因如此，檢察官形容御子柴的策略為「游擊戰」。

然而，這次御子柴認為，再使用這樣的手法，恐怕會引起反效果。畢竟面對的是一群有著先入為主印象的裁判員，要是辯護手法又惹他們反感，審判便輸掉一半。

那麼，一開始就得施展正攻法。雖然不清楚能發揮多大的效果，也只能從檢察官的論點中找出矛盾，一點一滴瓦解對方的論述。

不久，檢察官進入法庭。

本案的檢察官為矢野幹泰。御子柴聽過他的名字，但不曾在法庭上交手，也不曾在法庭外見面。去年他負責的案子一場都沒輸過，年紀為三十九歲，但外表看起來只有二十多歲，長得眉清目秀，頭髮梳得整整齊齊，身上的三件式西裝沒一絲皺紋。散發出的氛圍不像是檢察官，倒像成功的商業人士。

矢野在檢察官席坐下後，旋即瞥向御子柴。那股視線冰冷得感受不到一絲溫度。既沒有對少年犯罪前科的厭惡，亦沒有對全國性黑道組織顧問律師的輕蔑。不帶感情的雙眸，令人聯想到爬蟲類。不知是與生俱來的性格，抑或在檢察官生涯中訓練出的能力，無疑是難纏的對手。

半晌後，在法警的陪同下，坐著輪椅的稻見進入法庭。即使不良於行，稻見身上仍綁著防止逃跑的繩索。光從這一點，便可看出法院一絲不苟的處事原則。

稻見看見御子柴時的態度，跟當初會面時如出一轍。他輕輕點頭，彷彿看到老朋友，接著移動到御子柴面前。

「御子柴律師，你氣色不太好，有沒有按時吃飯？」

「算有吧。」

御子柴暗自祈禱，希望稻見不要表現得太親近。正因御子柴與本案毫無關聯，才能光明正大為稻見辯護。過於強調與稻見的師生關係，可說是有害無益。

書記官起身，揚聲提醒：

「依法院規定，為避免妨礙審判，開庭期間請勿使用行動電話，亦不得攝影和錄音。」

旁聽席上數人取出手機，關掉電源。

「旁聽券將在閉庭後回收。若需中途離席，請交還旁聽券。」

旁聽席上鴉雀無聲。這時，法官席後方傳來細微的腳步聲。三名法官與六名裁判員進入法庭。

法庭內所有人起立，朝他們行一禮。

坐在中央的是審判長遠山春樹，右側是法官平沼郁子，左側是法官春日野哲也。

這是御子柴第四次遇上遠山主審的案子。此人年紀在五十到六十歲之間，雙眼微凸，給人一種嫉惡如仇的印象。回顧他的判例，確實大多是檢察官占優勢。

關於御子柴的前科，遠山想必早有耳聞。儘管身為審判長，在量刑上不至於受辯護人的前科影響，但御子柴仍有些不安。何況，前幾次遇上遠山主審的案子，最後都是御子柴獲勝，這一點可能也會對本案造成負面效益。

為「宏龍會」辯護時，御子柴並不在意這些不利要素。如今，這些卻成為御子柴的牽掛，因為委託人是稻見。

「現在開庭審理平成二十五年（WA）字第一二五四號案，被告請上前。」

稻見舉手喊一聲「審判長」。

「請說。」

「我很想站著接受審判，可惜心有餘而力不足，請允許我坐在輪椅上。」

「無妨，開始進行人別訊問，請說出你的姓名、出生年月日、戶籍地址、通訊地址及職業。」

「稻見武雄，出生於昭和十二年四月七日，戶籍地址為栃木縣河內郡上三川町磯岡一三七四，居住地址為埼玉縣川口市南鳩谷九丁目三十五—四『伯樂園』內，無業。」

稻見的嗓音沙啞卻十分誠懇。

「檢察官，請宣讀起訴概要。」遠山開口。

於是，矢野起身，面對法官席，看也沒看御子柴一眼。

「今年三月四日下午一時許，於被告稻見武雄居住的公立安養院『伯樂園』內，被害人看護師栃野守在回收午餐的餐盤，因被告與被害人素有嫌隙，發生口角。被告拿起桌上的玻璃花瓶，攻擊被害人的頭部。周圍其他入住者上前制止，但被告不肯罷手，直到其他職員趕抵時，被害人已死亡。依《刑法》第一九九條，以殺人罪嫌起訴。」

「辯護人，對於檢察官的起訴概要，有沒有疑義？」

「沒有。」

御子柴話一出口，起訴內容就此定案。雙方的攻防，從這一刻正式展開。

「接下來，將確認罪狀。被告，你在法庭上說的每句話都將成為證據，但你有權對不利於己的問題保持緘默，明白嗎？」

「我明白。」

「第一個問題，剛剛檢察官宣讀的起訴內容是否屬實？」

「全部是事實。」

稻見答得毫不遲疑。他殺害栃野是事實，這部分並無爭議，攻防的重點在於，起訴概要不曾提及的部分。

「辯護人，有沒有話要說？」

「有的。」御子柴的回答，形同向檢察官宣戰。「辯護人以不存在殺意為由，主張被告無罪。」

驀地，法庭一陣騷動。宣戰的效果相當令人滿意。

稻見早料到御子柴會這麼說，帶著一副局外人的表情環顧四周。矢野似乎也預測到御子柴的策略，臉上沒有一絲驚惶。但包含遠山在內的三名法官及六名裁判員，神色都有些意外。

御子柴繼續道：

「起訴內容指稱被告殺死被害人，這一點是事實。雖然發生口角，但被告對被害人並無殺意，不符合檢察官主張的《刑法》第一九九條規定。」

御子柴說完便坐下。當然，這幾句話的用意，只是要先聲奪人，御子柴沒秀出手中的全部王牌。照理，御子柴應該事先與委託人稻見一同研擬辯護策略，但稻見在會面時，斬釘截鐵地承認是在正常的精神狀態下殺人。像這種隨時可能扯後腿的人物，御子柴身為辯護人，也不敢將手中的王牌據實以告。

這樣的委託人實在傷腦筋，御子柴暗自歎息。之前遇過委託人隱瞞真相，但這種不希望無罪或減刑，反倒希望接受懲罰的委託人，真是破天荒頭一遭。

御子柴心頭一陣不安。

這場審判最大的敵人，或許不是遠山審判長或矢野檢察官，而是稻見本人。

遠山不悅地瞪御子柴一眼，旋即將視線移回稻見身上。

「好吧，被告請回座。」

幾個不熟悉法庭生態的裁判員，不斷窺望御子柴。他們沒料到，在這種被告完全承認起訴內容的案子中，辯護人竟會主張無罪。

裁判員制度已實施數年，但每次看見門外漢坐在法官席上的景象，御子柴仍感到荒唐。這個制度以順應民意為口號，但真正順應的不是民意，而是民眾的盲目情緒。

二〇〇九年五月至二〇一二年之間，全國六十處地方法院及其分院，共下達約五千件判決，其中判決結果比檢察官求刑更重的例子約五十件，這個數字是裁判員制度實施前的三倍。

檢察官在求刑時，為了讓被告有減刑的空間，在刑度的考量上往往偏向嚴苛，但門外漢裁判員的不理性情緒，卻讓實際的判決結果超越檢察官的求刑。

法院在審判上追求的目標，是依據過去的判例，決定適當的量刑。因此，為了配合裁判員制度的實施，政府建立「量刑搜尋系統」，方便裁判員尋找以往類似案件的判例。但這樣的精心設計，卻沒發揮實際功效。那些判決重於求刑的案例，多半有一個共通點，就是量刑的輕重並無明確的依據。不必經過求證，事實已擺在眼前。裁判員對被害人的同情，轉化為對被告的憎恨，這股情緒凌駕了法源依據。

不過，判決中多出不確定因素，對御子柴反倒是好事。既然對手是不諳法律的門外漢，有太多旁門左道可改變他們的想法和判斷標準。說穿了，只要在辯論時，刻意挑逗他們的世俗心態與幼稚情緒，便能提升勝訴的機率，世上沒有比這更輕鬆的事。

審判就在裁判員們摸不著頭緒的狀況下持續進行。接著，將進入審查證據的階段。首先是檢察官的開頭陳述。矢野檢察官站起，看著桌上的調查資料開口：

「被告稻見武雄於一九六〇年進入法務省，同年分發至矯正局擔任法務教官。一九八五年，因執勤公務時發生意外提前退休，在家專心養傷。二〇〇八年四月，搬進現在居住的『伯樂園』。」

御子柴胸口彷彿被針扎一下。檢察官提到的「執勤公務時發生意外」，其實是遭御子柴刺傷，導致大腿四頭筋斷裂，半身不遂。

「被告在擔任法務教官期間循規蹈矩，並無懲處紀錄，亦無犯罪前科或遭逮捕的前歷。但在進入『伯樂園』後，被告的脾氣變得相當火爆，曾因看護方式上的歧見，與被害人數次爭執。三月四日當天，被告長久累積的怒火，由一點小小的口角引爆。接下來發生的事，記錄在剛剛宣讀的起訴概要內，此處不再贅述。」

矢野吁一口氣，接著描述犯案後的狀況，及報案前後的來龍去脈。

「凶器是玻璃花瓶，形狀與被害人的頭部致命傷完全吻合，而且花瓶上有被告的指紋，位置恰恰符合握住花瓶的手勢。犯案現場周圍雖有隔板，但同桌用餐的『伯樂園』入住者，皆目擊被告持凶器毆打被害人數次。此外，他們的證詞也證明被告與被害人經常發生衝突。職員報警後，川口警署的員警嚴密封鎖現場，禁止外人進入，各證物的位置也不會移動。檢方為了證明犯罪事實，事先提出證物乙一至五十四號及甲一至二十四號。」

遠山聽完矢野的陳述，轉頭問御子柴：

「關於檢方的開頭陳述中，提及的乙號證物和甲號證物，辯護人是否提出反對意見？」

「辯方不同意乙八號證物。」

法庭內的眾人紛紛交頭接耳。

一般若是嫌犯認罪的案子，律師大多會同意檢察官提出的所有證物。因此，御子柴不同意部分物證的狀況，可說是相當罕見。

所謂的乙八號證物，指的是稻見接受訊問並簽名蓋章的筆錄。矢野在開頭陳述中大致說明內容，包含御子柴絕不能同意的環節。

「乙八號證物的訊問筆錄中，不少部分是受到檢察官的刻意誤導，主要出現在被告殺死被害人栃野的動機與心境上。這些捏造的部分，背後的真相足以證明被告並無殺意。」

「審判長！」矢野馬上提出抗議。「辯護人這句話是毫無根據地侮蔑檢察官的偵辦手法，我要求立即撤回此發言。」

「辯護人，你說檢察官捏造筆錄，有證據嗎？」

「抱歉，審判長，關於檢察官是否捏造筆錄的部分，辯護人打算在下一次開庭時提出證據。」

「好，辯護人請在下次開庭前，將辯方的證據提交至法院。」

針對辯方不同意的證物，將由檢察官進行證人詰問。御子柴暗忖，對於矢野可能會問稻見的問題，或許應該事先想好應對策略。

「辯方是否打算提出請願書、悔過書之類的證物，並聲請調查？」

「我剛剛說過，辯方的主旨在於證明被告並無殺意，因此現階段並不打算提出請願書之類的證物。」

「好吧。」

「不過……」

見御子柴還要繼續說下去，遠山忍不住揚起一邊眉毛。

「為了進行反證，我將請求傳喚證人。」

「好，那你就提出傳喚證人的聲請吧。」

乍看之下，遠山似乎是按部就班地進行法庭程序，表情卻有些不耐煩。對於御子柴這類不按牌理出牌的手法，以往他只當狡詐律師的游擊戰術，如今很可能視為熟悉犯罪的前科犯布下的陰謀詭計。

相較之下，矢野依然面無表情。那副撲克面孔，不管是與生俱來或拜訓練所賜，都足以讓觀看的人心裡發毛。

「檢察官請進行論告求刑。」

「檢方針對被告求處十五年有期徒刑。」

這件案子的情節接近傷害致死，照理檢方不應求刑長達十五年。若依照這幾年的判決先例，大概只在五年至八年之間。檢方求處超過十年的重刑，或許是認為被告不斷毆打被害人直到死亡實在太凶殘。

「辯護人有何意見？」

「辯方主張被告無罪。」

「你打算現在就對被告進行詢問嗎？」

「不，今天不打算詢問。」

「好，請在下次開庭時證明你的主張。」

矢野與御子柴同時坐下。

遠山這句話的弦外之音，是暗示御子柴必須在下次開庭就進行最終陳述。法院要審理的案子堆積如山，顯然遠山認為，嫌犯已認罪的案子沒必要開庭那麼多次。

下次開庭的流程至此大致底定。為了證明筆錄的正確性，矢野想必會傳喚「伯樂園」的職員及入住者當證人。至於御子柴的目標，則是反過來利用詰問證人的機會，證明筆錄中的謬誤。

御子柴正在思考，該如何拉攏那些口風嚴實的老人，忽然看到稻見舉起手。

「審判長，我想說一句話。」

突如其來的狀況，打斷御子柴的思緒。

稻見到底打算說什麼？為什麼沒事先告知？

「被告，有什麼想說的話，能不能等到最終陳述再說？」遠山問。

「很抱歉，無論如何我想在一開始就說清楚。」

遠山略一思索，點頭應道：

「好吧，請盡量簡短。」

接著，稻見吐出驚人之語。

「審判長，請給予我應得的懲罰。」

御子柴忍不住站起。

他在說什麼……？

「被告，這句話是什麼意思？」遠山問。

「我是在正常的精神狀態下，抱持著明確的殺意打死了栃野。既然做出這種事，當然該接受制裁。」

「審判長！」

御子柴焦急地想阻止，稻見卻絲毫不以為意，接著道：

「俗話說一命換一命，就算判我死刑，我也沒有怨言。」

「審判長，被告精神狀況不穩定，請將以上的發言從紀錄中刪除！」

稻見轉頭望向御子柴，反駁：

「律師先生，不好意思，我的精神狀況十分穩定，而且平靜得不得了。」

接著，稻見的視線移回遠山身上，開口：

「審判長，我在擔任法務教官時，總是教導院生犯錯就必須贖罪。如果我犯錯卻想脫罪，像什麼話？請給我應得的制裁，拜託。」

稻見深深鞠躬。

法庭內一時鴉雀無聲，每個人都有種置身於教堂內的錯覺，彷彿在聽罪人的懺悔。

半晌後，遠山輕咳兩聲，說道：

「該下什麼判決，得等到最終辯論結束才能決定。下次開庭是四月二日，閉庭。」

法官們一走出法庭，御子柴立即氣急敗壞地步向稻見。

「稻見教官，為何要這麼做？」

「別這麼大驚小怪，御子柴律師。」

稻見將御子柴的抱怨當成耳邊風。

「這場審判是以否認殺意為主要訴求，我們不是早就溝通過？由於蒐集證據還需要一些時間，我刻意拖延到下次開庭，你怎會在閉庭的前一刻突然坦承？世上哪個被告會這樣扯律師的後腿？」

「對你真的很不好意思，但我不打算為了訴訟，違背自身的信念。」

「你鬧夠了沒！」

御子柴忍不住大喊。不僅是稻見，連御子柴自己也嚇一跳。

「……律師的職責是維護委託人的利益，你若不配合，我實在幫不了你。」

「讓我照自己的想法去做，不也算是維護我的利益嗎？」

「幫助自殺和維護利益是兩回事。教官，如果你死了，難道不會有人為你難過嗎？」

聽見這句話，稻見詫異地凝視著御子柴。這是御子柴成為稻見的辯護律師以來，第一次看到稻見露出這種表情。

「這麼說哪裡不對嗎？」

「沒什麼……只是沒想到你會說出這種話。看來，我教得挺不錯，真是開心。原來如此，幫助自殺也是一種犯罪。好險，差點讓你重蹈覆轍。」

御子柴目不轉睛地凝視稻見。

不出所料，這場審判最大的敵人，是稻見本人。

「稻見，該走了。」

法警推動稻見的輪椅。

「御子柴律師，要是受不了我的任性，請隨時告訴我，我馬上解除委任。」

「教官，你應該最清楚，我不是那種人……」

「你這傢伙真讓人頭疼。」

「你搶走我的臺詞。」

幾句交談後，稻見離開法庭。

旁聽人紛紛離席，矢野攜著公事包通過御子柴的眼前。御子柴原以為他會譏諷自己是遭委託人背叛的律師，沒想到他完全無視御子柴，直接走向門口。或許矢野避免和御子柴接觸，是不想讓自己摸清他的個性。

最後，法庭上只剩下御子柴一人。這幕孤立無援的景象中，御子柴的嘴角揚起自嘲的微笑。算了，反正早習慣在逆風中前進。甘願受懲罰的委託人，確實相當令人頭疼，但這點小事還不足以打擊士氣。

事實上，御子柴在與稻見的交談中，想到另一個可嘗試的方法。

例如，家人。

稻見若被判死刑，一定會有人感到悲傷。

為什麼會一直沒想到這個辦法？既然稻見有如脫韁野馬，大可找他的家人來重新扣上韁繩。

何況，御子柴握有連稻見也不知道的王牌。今天檢察官占了上風，但畢竟只是第一回合，接下來有許多逆轉的機會。

離開法庭時，御子柴臉上漾著淡淡笑意。

2

首次開庭的隔天，御子柴第三次造訪「伯樂園」。在院長室內告知來意後，角田頓時露出反抗的表情。

「你在這裡幹了什麼事，職員都跟我說了。就算你是律師，也不能在我們這邊亂來。」

御子柴心想，約莫是角田得知他拍攝入住者身上的傷痕。

「當初不是你親口答應讓我自由行動的嗎？」

「那也得有個分寸。」

「院長，你牽掛的是入住者身上的毆打傷痕與擦傷嗎？」

御子柴決定炫耀一下戰果，於是從公事包中取出特地帶來的十多枚照片，在角田面前排開。

久仁村紅腫的嘴唇、後藤的上半身、臼田的上半身、小笠原的右腕、籾山壽美的腰際與背部……每張照片都清楚拍出紅褐色傷痕，或黑紫色瘀青。

「有的是內出血，有的是擦傷，乍看之下都不同，但仔細查看較明顯的傷痕，會發現形狀大同小異，簡直像是以棍棒毆打的痕跡。」

御子柴遞出另一張照片。拍的是漆澤的背影，焦點卻鎖定在漆澤腰際的某樣東西。那是長約三十公分的棍棒。角田一看見這根棍棒，視線便再也移不開。

「聽說，你們的職員都攜帶這種類似警棍的武器，稱為護身棒。目的是為了防止遭受精神錯亂的老人攻擊。」

「別含血噴人，難不成你認為我們的職員虐待入住者？」

「是不是含血噴人，將這些照片交給警方的『科搜研』[6]，便能得到答案。利用最先進的影像分析技術，可證明這些傷痕的形狀與護身棒一致。一旦觸犯《高齡者虐待防止法》，這家安養院恐怕很難經營下去，你應該很清楚。」

角田的臉色愈來愈險惡。

「御子柴律師，你打算怎麼處理這些照片？」

「逼不得已，我只好在如今負責的案子裡，提出這些照片當證據。但虐待老人一事曝光，媒體記者想必會蜂擁而至。不過，我的職責僅僅是維護委託人的利益，不是揭你們的瘡疤。畢竟和你們作對，我也拿不到半毛錢。當然，若那些入住者僱用我和你們打官司，又另當別論。」

6　科學搜查研究所的簡稱。

「……你想怎樣？」

「我的要求很簡單，就是讓我繼續在這裡自由進行調查，不要刻意阻撓，例如派職員當我的跟屁蟲。」

院內老人經常遭受虐待，角田不可能不知情，卻選擇視而不見。一旦驚動警察，不管他是否會參與職員的虐待行動，都不可能全身而退。

既然有這樣的把柄，當然得好好利用。

「院長的工作並不輕鬆，除了財務經營之外，還得關心院內事務，我相信你沒多餘的心力去注意職員的暴力舉動。」

「當、當然！」

角田露出如獲大赦的表情，御子柴暗自竊笑。他的觀察果然沒錯，這個男人雖然卑劣，卻是膽小如鼠。只不過稍微以言詞暗示，馬上急著撇清關係。

「另外，有件事想請你幫忙……院裡裝有好幾臺監視器，對吧？」

上次，小笠原奶奶提及這裡有著「唯獨對裝設監視器的人不利的言行舉止，才會錄影下來的監視器」。當時，御子柴以為她指的是，前原那些人一直監視著他們的一舉一動，後來在院內到處仔細查看，確實發現好幾臺監視器。

「是啊，裝監視器的目的，是為了避免入住者在看護師沒注意到的地點發生意外。」

「我想商借記錄影像的硬碟。」
「咦?但犯案現場是在食堂,而食堂裡並沒有監視器。這點我跟警方說明過。」
「要是我找到的證據都和警方一樣,怎麼為我的委託人辯護?恕我說句老實話,你沒有選擇的餘地。」
在御子柴的注視下,角田逐漸垂下頭。畢竟是個小癟三,遇到比自己凶惡的牛鬼蛇神,只能乖乖當起縮頭烏龜。
「謝謝你的配合,請帶我到放錄影機的地方吧。」
角田無奈地起身,走向院長室旁的事務室。
御子柴跟著走進事務室,微微一驚。看似平凡無奇的房間裡,擺著兩座大型螢幕,每一座螢幕切割成四個畫面。換句話說,共有八臺監視器,二十四小時記錄著院內的所有動靜。
錄影機就在螢幕下方,硬碟為外接式。看上頭的規格標籤,每一臺硬碟的容量為五百GB。雖然影像檔案大小會因幀率的設定有所不同,但若不苛求畫質,五百GB至少可儲存五千小時的影像。以這樣的長度而言,應該還保存著案發前後的影像紀錄。何況,就算已遭刪除,這種數位格式的硬碟要將刪除的檔案還原並不難。更值得慶幸的是,硬碟為外接式,要帶走可說是輕而易舉。
不等角田同意,御子柴伸手拆下硬碟。

跟上次一樣，久仁村坐在交誼廳內。住在這種地方，或許就如同住在監獄裡，到頭來總習慣待在相同的地點。

「你真是糾纏不休，連刑警都沒你這麼熱心。」

「所以我很少輸。」

「哼，那可真了不起。」

「當然也不會輸給這裡的看護師，就算他們揮舞手中的護身棒。」

久仁村臉色大變，慌張地左顧右盼，彷彿在尋找某人的身影。

「不用怕，那些看護師都沒跟來。」

「咦？」

「剛剛我和院長談過，他下令所有職員不准靠近我。啊，順帶一提，現在監視器也停了。」

御子柴從公事包中取出剛剛拿到的硬碟，接著道：

「除非裝上新的硬碟，否則連影像紀錄也無法開啟，這點我已確認過。」

「……院長怎會聽你的？」

「他不是聽我的，是拿我沒轍。要讓那種見不得光的傢伙聽話，最好的方法就是比他更凶惡。」

「你在哪裡學到這些手法？少年院裡嗎？」
「少年院裡能學到的東西，大多在外頭也學得到。」
這是御子柴發自內心的感想。那幾年雖然與世隔絕，但在醫療少年院裡同樣有波瀾、鬥爭、進步、退化、衝擊，亦有靜謐。世間百態在少年院裡也看得到。不過，御子柴經常施展的戰術及人心操控術，大半得益於法庭攻防的經驗。
犯罪者收容機構不會孕育出惡棍。真正的惡棍，總是在塵世中誕生與成長。
「今天你打算問我什麼？」
「那天到底發生什麼事？」
「怎麼還在問這個……當時在食堂的所有人都能作證，稻見拿花瓶打死梔野先生。稻見本人不是也招認了嗎？」
「即使不在法庭上，偽證罪也成立。」
「咦？」
「一旦作偽證，會害無辜的人受罰。作偽證的罪，跟真正的凶手一樣重。」
久仁村狐疑地皺眉，問道：
「有這種法律？」
「這條法律沒寫在《六法全書》裡，而是寫在每個人的這裡。」

御子柴按著自己的胸口。

「哼，你真是千變萬化。一下當前科犯，一下當刑警，一下又當神父。」

「我不是神父，只是和他們一樣熟悉罪惡的本質。」

「哼！」

「但真正重視這種道德觀的，是像你這個年紀的人，我還差得遠。久仁村先生，你的一句證詞會將無辜的人送上絞刑臺，難道你不會良心不安？」

「夠了，別說了！」

久仁村的肩膀微微一顫。

「那天食堂裡的所有人，應該都目擊了真相。但礙於某些原因，你們決定聯手串供，作起偽證。」

「沒那回事。」

「是嗎？舉例來說，當發生車禍或出現隨機傷人的歹徒時，由於目睹驚人的景象會受到震撼，目擊者的證詞往往會有一些誤差。話雖如此，不太可能每個目擊者描述的細節都有不相符的部分。反過來說，若是所有人聯合串供，就完全不同。描述根本沒發生過的虛假劇情時，細節會因個人的記憶力和組織能力不同產生差異。恕我直言，尤其是像你們這種年事已高的人，這樣的趨向特別明顯。只要拿你們的證詞與稻見的筆錄內容比對，其中的矛盾一目瞭然。」

御子柴取出自己彙整的一覽表，擺在久仁村面前。
「沒……沒那回事。我們又不是機械，一些小細節當然會記錯。」
「我這輩子和稻見相處的時間比你們更長，所以我非常清楚。稻見如果撒謊，大概是為了保護另一個人。」
「是嗎？你有什麼證據，能證明稻見撒謊？」
「警察接獲職員報案後趕到現場，曾拍下數張照片。這是其中一張。」
事實上，這張照片也是檢察官提出的資料之一。
御子柴將照片拿到久仁村眼前，照片上拍的是稻見拿來當凶器的花瓶特寫。
「這張照片哪裡不對勁？花瓶上清楚留下栃野先生的血，及稻見的指紋。」
「是啊，清楚得不能再清楚。不過，這張照片拍出一個疑點。」
「哪有什麼疑點？不就是一支細身的花瓶嗎？」
「花瓶本身沒問題，關鍵在於擺放的位置。這花瓶的形狀細長，就算不是稻見而是其他人，手指也能輕易環繞瓶身。這麼細的花瓶，底部面積當然也小，只要輕輕一碰就會翻倒。稻見在訊問筆錄中，聲稱『一時失去理智，抓起桌上的玻璃花瓶』。同桌用餐的人當中，包含後藤、粆山等動作不靈活的人。他們沒辦法拿碗，沒辦法握筷子，甚至沒辦法伸直胳臂。既然桌邊聚集這些行動不便的人，怎麼會放著如此重心不穩的花瓶？這不是很奇怪嗎？」

的工具。

久仁村低下頭不吭聲，御子柴故意湊過去。看似冷酷刻薄的外貌，這種時候反倒成為方便

久仁村慌張地避開他的視線，反駁道：

「這是你的臆測，根本沒證據。」

「有證據。」

御子柴冷冷回答。

久仁村一聽，身體頓時縮得更小。

「來找你之前，我先到食堂仔細查看過。恕我說句失禮的話，整棟建築物的打掃都有些馬虎，包含食堂也不例外。不過，這也是情有可原，畢竟地板上常會有嘔吐物或排泄物，職員經常得清理，因此地板特別乾淨。但其他像窗框、椅腳等小地方，就不太會有人注意。多虧這種情況，證據得以留下。食堂的南側牆壁有一面向外凸出的飄窗，你有印象吧？那扇窗戶距離你們用餐的桌子不到三公尺，我在窗臺上發現一些水漬。」

「……水漬？」

「用這麼細的花瓶來插花，其實需要一點技巧。若是不熟悉技巧的人，容易在換水時不小心讓水溢出來，濡濕花瓶表面。花瓶上的水珠往下滑落至瓶底，會在瓶底的平臺留下水漬的痕跡。這個水漬痕跡的形狀，會與花瓶底部的形狀相同。我說的那扇飄窗的窗臺上，就有水漬的

痕跡，而且形狀與被拿來當凶器的花瓶底部相同。換句話說，花瓶原本放在窗臺上。久仁村先生，我的推論沒錯吧？」

久仁村默不作聲。但此時不答話代表默認。

「為什麼放在窗臺的花瓶會出現在桌面？可能的原因很多，但既然花瓶上留有稻見的指紋，最合理的解釋，便是稻見移動到窗邊取下花瓶。憑稻見的力氣，移動輪椅到窗邊拿花瓶回來，不需要花多少時間。但在這段時間裡，一邊清理地上菜渣，一邊跟稻見吵架的栃野，又在做什麼？兩人平日就互有敵意，稻見上了年紀但精力充沛，加上當時他們在吵架，栃野怎麼可能毫不提防？若說他太專心清理地上的菜渣，沒發現稻見到窗邊拿花瓶，似乎不太合理吧？」

御子柴仔細打量久仁村的神情。久仁村雙脣緊閉，彷彿咬著牙忍耐。

看來，只差臨門一腳。

「我知道『伯樂園』的看護師經常虐待你們，也知道稻見一直獨力反抗。只要有正當理由，或許能讓稻見免於承受殺人的刑責。請告訴我，那天食堂裡到底發生什麼事？」

御子柴靜靜等待對方的回答。

沉默籠罩著兩人。不知是否太過膽怯，久仁村遲遲無法下定決心。或許他深信，一旦開口說出真相，守護的事物將化為烏有。

「久仁村先生……？」

「我不能說，這是約定。」
久仁村的聲音，微弱得彷彿發自腹部深處。
「約定？跟誰的約定？」
「我不能說，這也是約定。」
「為了這個約定，你寧願眼睜睜看一個人遭到判刑？」
「律師先生，到我這個年紀，很多東西會比實質利益重要許多。我對金錢和財富已無欲求，卻十分看重信賴和信念。」
這一套論調在法庭上並不管用，更重要的是，對稻見的案子沒有絲毫幫助。
「一旦看護師的虐待行為曝光，『伯樂園』遲早會關門大吉，你擔心自己會被趕出這個地方嗎？」
御子柴特意強調這一點。不料，久仁村一聽，竟露出笑容。
「以為你見多識廣，沒想到你一點也不瞭解人性。律師先生，告訴你，年紀大了，事情的優先順序會跟著改變，自己的性命也變得不那麼重要。」
御子柴一愣，內心有些慌亂。
優先順序？那是什麼意思？
仔細回想，與「伯樂園」的老人交談時，總有種牛頭不對馬嘴的感覺。久仁村這番話，或許正點出癥結所在。

這些老人想要的是什麼？想保護的又是什麼？答案就是他們的信念、價值觀，和原動力。御子柴思考犯罪動機時，也是以此為基礎。一旦雙方的基礎出現偏差，便無法藉由動機準確分析出他們的心理。

「……我實在不明白你想表達什麼。」

「等你到了我這年紀，不管你願不願意，一定會明白。」

御子柴試圖繼續說服久仁村，但久仁村的意志比預期堅定許多，最後仍是徒勞無功。

御子柴的下一個目的地是花壇。小笠原奶奶依然坐在桌邊，專心聆聽著 CD 播放機流洩出的音樂。

只見她微微垂著頭，閉上雙眼，像是睡著了。

「我又來了。」

聽到這句話，她輕輕睜開眼。看來，她的意識相當清醒。

「你似乎是熱愛工作的人。」

「有人稱為固執。」

「不管叫什麼，我挺喜歡你的個性。這年頭，願意堅持到底的人愈來愈少，實在沒意思。」

「在這個年代，固執只會引來厭惡。」
「院長和看護師很厭惡你吧？」
「在今天以前，簡直對我恨之入骨。」
「今天不一樣？」
「至少院長理解我的立場。我的工作是為稻見辯護，不是追究院長的管理責任。」
「要說服院長挺不容易吧？」
「只要是在乎利益得失的人，都很容易被說服，你們就不同了。」
「我們也不是不在乎利益得失，只是在我們眼中，有些事更重要。」
「剛剛久仁村說過類似的話。他告訴我，很多事的優先順序會隨年紀改變。」
「難得久仁村會說出這麼有哲理的話。」
「不同年齡層造成的價值觀差距，確實耐人尋味，但這不是我追求的答案。」御子柴面對小笠原奶奶，問道：「那天在食堂裡，到底發生什麼事？」
跟剛剛質問久仁村時一樣，御子柴取出照片，並揭露花瓶原本放在窗臺上的真相。
小笠原奶奶聽得津津有味，偶爾會應兩句。但那態度有點像在演戲，令人難以判斷她到底有幾分認真。
「以上就是我的推測，妳有什麼看法？」

小笠原奶奶瞇起雙眸，淡淡一笑：

「你真厲害，居然能發現花瓶原本擺放的位置，我完全沒注意到這一點。」

「妳承認花瓶換了位置？」

「是啊，在我這外行人的眼裡，你的表現可拿到滿分。話說回來，為何那些警察完全沒注意到這一點？」

「因為目的不同。警察的目的是逮捕凶手，我的目的卻是為凶手辯護。為了達到我的目的，我需要你們的證詞。好了，快告訴我，那天食堂裡發生什麼情況？」

在御子柴的催促下，小笠原奶奶斂起笑容：

「傷腦筋……你不能去問我們這組以外的人嗎？」

御子柴確實曾打算這麼做。案發當時，食堂內若有其他四組的入住者，或許可問出一些蛛絲馬跡。可惜，稻見這一組用餐結束的時間較晚，當稻見與栃野發生口角時，其他四組的人已離開食堂。

「當時，現場只有你們幾個人。」

「既然久仁村沒說，我當然也不能說。」

「因為約定？」

「是啊。」

「跟誰的約定？稻見嗎？」

「不能說，這也是約定的內容之一。」

「妳寧願放棄讓稻見獲判無罪的機會，也要守住這個約定？」

「稻見不在乎剩下的人生怎麼過。」

御子柴忍不住暗暗咒罵。

過去御子柴深信每個人最重視的是性命和金錢。正因如此，律師這個職業才有價值。因為愛惜有限的人生，希望獲得減刑；因為想讓對方吐出更多錢，希望在法庭上戰勝對方。目前為止，御子柴能夠洞悉人心，甚至是布下種種陷阱，全是基於這樣的前提。

這個前提既然不成立，御子柴等同失去所有武器。遊戲規則全部失效，面對敵人只能束手無策。

事到如今，除了訴諸舊時代的價值觀，沒有其他辦法。

「對你們那個年代的人來說，有些東西比命和錢重要？」

「當然。若非如此，哪個男人願意上戰場，又有哪個女人願意把丈夫和兒子送到戰場？」

「妳聽過一些冤獄案件？」

「這種事很多，每次看到類似的新聞，我就覺得實在不能輕易相信國家。」

「有些冤獄案件雖然獲得重審機會，但被告已處死刑。既然當事人死了，變更判決也不能讓死者復活。即使如此，家屬和律師仍不斷爭取重審。為何他們要這麼做？只是想還死者一個清白。」

小笠原奶奶的表情毫無變化，目光緊盯著御子柴的嘴脣。

「跟你們交談的過程中，我想起一些往事。稻見教官……稻見武雄並不是一個重視利益得失的人。他不准我說出『贖罪』這個字眼，要我以實際行動證明。」

「稻見確實是會說這種話的人。」

「他不允許我口頭上道歉。要博取他的信任，必須付出龐大的代價。正因他是這樣的人，連個性孤僻的我也願意相信他的話。我實在不認為，他會為一點小爭執就下手殺害看護師。這簡直是貶低他的人格，對他是極大的侮辱。小笠原奶奶，你們的證詞等於是落井下石。」

小笠原奶奶低下頭。

半晌，小笠原奶奶緩緩抬頭：

「抱歉，我還是不能打破約定。不過，我可以告訴你另一件事。」

「另一件事？」

「上次你拍了我的胳臂，想必也拍了其他人的照片吧？」

「是啊。」

「誰的傷勢最嚴重？」

「在我看來是後藤。」

「其實，我一直很擔心後藤。」小笠原奶奶的眼神有些激動。「他不像臼田或籾山那樣罹患嚴重的失智症，不像稻見或久仁村能說善道，也不像我能逆來順受。加上他行動不便，用餐時總是飯菜掉滿地，經常大小便失禁。栃野先生想利用恐懼限制我們的行動，後藤正適合拿來殺雞儆猴。」

御子柴有同感。後藤性格恭順，不敢反抗。栃野擁有找出這種獵物的天賦。

「在我們的眼裡，栃野先生的做法實在過於激烈，簡直像著了魔。我擔心放任不管，遲早有一天會出事。不過，我畢竟是個女人，沒勇氣也沒能力阻止。所以，我找稻見商量。雖然不良於行，但很少有老人像他那樣身強體壯，溝通上也沒任何問題。」

御子柴靜候片刻，小笠原奶奶沒繼續說下去，雙眸卻彷彿還有千言萬語。

那眼神似乎在告訴御子柴「我只能給你提示，剩下的你自己去想」。既要遵守約定，又要拯救稻見，別無辦法。

小笠原奶奶並未說出重點，御子柴不再追問。多虧她這番話，御子柴大致摸清這案子的內幕。

「謝謝妳。」

御子柴道謝後起身。小笠原奶奶一臉歉疚，低頭道：

「我只能說這麼多……請你救救稻見。」
即使沒有她的懇求，御子柴也會盡力。但既然小笠原奶奶有求於他，自然不能平白答應。
「我有條件。」
「條件？」
「請妳出庭作證。」
「這個……請讓我考慮一下。」
「好。」
御子柴離去時，腳步輕盈了些。

後藤走到四人房的門口，似乎打算回房休息。
或許是上次被強逼拍照的緣故，一看見御子柴，他立刻要逃進房裡。幸好他行動緩慢，御子柴一個箭步擋在前方。
御子柴輕輕抓住後藤的衣襬。小小的一個動作，後藤便嚇得六神無主。
「後藤先生，打擾了。」
「對……對不起……放……放開我……」
「別擔心，今天只問兩句話，不會像上次那樣。」

「放開我……放開我……我好怕……」

「那天，你也是這樣向稻見求救嗎？」

後藤一聽，整個人愣住。

為了降低後藤的警戒，御子柴雙手搭在後藤的肩上，說道：

「栃野最常欺負你，那天也不例外。用餐期間，栃野再次藉故對你拳打腳踢。稻見想阻止，但他坐在輪椅上，沒辦法完全制止栃野的行為。栃野愈來愈暴力，稻見擔心你有性命危險，於是抓起窗臺上的花瓶，朝栃野的頭頂揮下……這才是真相，對吧？」

「嗚啊……」

後藤的臉皺成一團，像隨時會放聲大哭的孩子。

「他沒錯……稻見沒錯……他救了我……」

「我說對了？」

「他救了我……他救了我……」

後藤突然睜開雙眼，將御子柴推出去。

御子柴一時重心不穩，摔倒在地。後藤趁機通過御子柴的身旁，踉踉蹌蹌逃進房裡。他爬到床上，以棉被蓋住頭。

「快走……你快走……快走！」

棉被裡傳出悶響。看樣子，大概無法繼續問下去。

隔著棉被，可看出後藤蜷成一團，打著哆嗦。嚇成這樣，硬把他拉上證人席，恐怕證詞也難以獲得採納。

真相逐漸明朗，但要證明難如登天。

御子柴懊惱地關上房門。

入住者的面孔逐一浮現在御子柴眼前。可能站上證人席的，只有久仁村和小笠原。只要有一人願意出庭作證，局面就會完全不同，但如今看來，兩邊皆不樂觀。

御子柴再次為手中證據的匱乏，不住歎氣。

3

回到事務所，御子柴立刻將從角田院長那裡奪來的硬碟接上電腦。

洋子自她的座位望向螢幕，問道：

「這次的證據不是紙本，而是影像？」

「妳對這個有興趣？」

「不，我只是覺得有點稀奇。記得您說過，影像紀錄不具證據效力。」

御子柴確實提過這一點。

考量到便利性，如今大部分監視器都採數位式影像。相較於類比式影像，數位式影像的最大優點是畫質不易受損，及能錄影的時間較長。

但數位式影像有個致命的缺陷，就是太容易遭到竄改。因此在法庭上，影像紀錄鮮少獲得採納。

不過，最近這個情形出現變化。隨著數位影像科技的提升，偵測影像是否曾遭竄改的技術愈來愈進步。這幾年，經過偵測合格的影像紀錄，在法庭上獲得採納的案例有增多的趨勢。實際上，不少車禍引發的訴訟案，都是以行車記錄器影像為證據。

「世界瞬息萬變，審判不應墨守成規。只要是能運用的技術，都該加以運用。」

監視器共有八架，分別設置在四人房、八人房、交誼廳、內院及走廊。角田聲稱，裝設監視器是要防止入住者在職員沒看到的地方發生意外，似乎並非謊言。入住者前往食堂時，一定有看護師陪同，因此食堂內沒有監視器。

然而，播放影像沒多久，御子柴便見識到「伯樂園」的管理方式多麼違背常理。一名老人生澀地操縱著輪椅在內院移動，看護師突然從後方走近，舉腳踹倒輪椅。老人在地上痛苦掙扎，看護師卻滿不在乎，低頭看著老人。

久仁村與另一名老人在交誼廳角落聊天，前原忽然出現，大聲斥責。久仁村出言頂撞，前原竟一拳打在他臉上。久仁村摀著口鼻倒在地上，另一名老人連忙逃離。

臼田在走廊上前進，似乎想去交誼廳，前原卻想把他拉入四人房。從臼田的表情看來，他很害怕進入四人房。兩人拉扯了一陣，前原失去耐性，抽出腰際的護身棒，重重擊向臼田的腹部。臼田痛得跪倒在地，前原硬拖著他，消失在畫面外。

由於畫面上同時包含四架監視器的影像，並未錄下聲音。但透過畫面中人物的肢體動作，明顯看得出他們在尖叫、哀號或怒吼。由於無聲，更讓人毛骨悚然。

「這是什麼……」

洋子低喃著，雙手環抱自己的肩膀。那副寒冷難耐的模樣，絕不是室內溫度太低的緣故。

四人房中的監視器捕捉到的影像，更是暴力至極。房間突然變得明亮。四張床中最靠近監視器的一張劇烈震動，有人在棉被裡拚命掙扎。不一會，漆澤走進房內，對著床大聲怒罵。棉被裡的人並未停下動作，漆澤不耐煩地扯下棉被。在床上痛苦掙扎的，赫然是籾山壽美奶奶。

漆澤繼續怒罵，隨即抽出護身棒，攻擊她的腹部。

一下……

兩下……

三下……

她不再動彈。漆澤望著她的臉，心滿意足地重新蓋上棉被，走出畫面外。下一秒，房內再度變得一片漆黑。

「老闆……這不會是真的吧？」

「既然出現在影像裡，還會是假的嗎？負責管理安養院的院長沒刪除，可見虐待已是常態，早就見怪不怪。」

「這次的委託人也遭受過這樣的虐待？」

「他有能力反抗，受害較輕微。至於那些沒辦法反抗的老人，全成為職員的玩具。」

「每天受到這樣的對待，怪不得會萌生殺意。」

可惜，這案子沒那麼單純。當然，主張「稻見是為了報復才殺害栃野」也能獲得不錯的效果，但頂多獲得減刑。御子柴的最終目標，是讓稻見無罪釋放。

「主角登場了。」

四人房的畫面上，出現一名穿看護制服的男人。年紀約四十出頭，肌肉結實，下巴寬大，眉毛顏色頗淡。一對眼睛白多黑少，下脣比上脣厚。那正是只在照片中見過的栃野守。

栃野走向畫面深處，若無其事地靠近床邊。他拉開床單，露出躺在床上的後藤。

後藤睜開雙眼，向栃野說一句話，拿起吸管杯喝一口水。或許是嗆到，他將水噴了出來。後藤口中的水，全噴在栃野臉上。栃野抓起後藤稀疏的頭髮，粗魯地甩動他的腦袋，連續朝他的腹部揍兩拳。

後藤頓時癱軟無力，栃野不再理他，轉身離開。通過監視器前的瞬間，栃野的表情平淡得彷彿什麼也沒發生。

硬碟裡留有栃野生前的影像，算是一大幸運。這段影像能證明栃野的虐待行為，足以令法官徹底改觀。

或許是表情反映心中盤算，洋子詫異地望著御子柴：

「老闆……你在笑？」

「這段影像對本案相當有幫助。」

「你看了不生氣嗎？」

「在看護業界裡，這種事一點也不稀奇。」

大部分看護人員的收入都很低，而且由於人力不足，工作時間相當長。長期處在封閉的環境內，不論是看護者，或是接受看護者，都會累積龐大的壓力。這種情況下，雙方不產生摩擦才是怪事。況且，公立安養院的入住者與家屬，相較於院方，往往處於弱勢，就算遭到虐待也不敢張揚。當然，以上都是看護方的主張，站在受看護方的立場，簡直只能以人間煉獄形容。

「就算不稀奇，還是太過分了。」

洋子緊蹙眉頭回座，彷彿有一肚子不滿。

洋子是個擁有一般道德觀的女人。在她的眼中，看護師對老人施暴的行為，想必相當不人道。

然而，那是一種相當不負責任的道德觀，完全是以置身事外為最大的前提。若要徹底解決看護機構內的虐待問題，必須重新制定看護制度，擴充機構內的設備，改善從業人員的薪資收入，甚至整個社會的家庭制度，都有必要進行全面性的檢討。這樣耗費龐大時間、費用與資源的改革，根本沒人願意做。抨擊問題的表象每個人都辦得到，但沒人會蹚渾水。當然，在御子柴心裡，這也不是分內的工作。

御子柴認為自己該做的事，只有在稻見的辯護案上，將此一現象進行最有效的運用。

隔天，御子柴來到鄰近舊江戶川的一處住宅區。

這一帶為千葉縣浦安市貓實五丁目。抬頭可看見浦安橋，一艘漁船緩緩通過橋下。由於鄰近浦安車站，地理環境極佳，放眼望去盡是新建公寓，但街景依稀殘留昔日的漁港風情。

栃野守的老家就在這一帶。

自本地高中畢業，栃野任職於某看護服務中心。平成十五年發生「藍海號」船難，栃野遭到起訴。獲判無罪後，栃野離開故鄉。

之後，栃野從蕨市搬遷至川口市，進入「伯樂園」擔任看護師。由於他離開老家一直住在公寓裡，過著獨居生活，要向親友舊識打聽他的事，只能走訪他的故鄉。

從大馬路轉進小巷，拐幾個彎後，御子柴抵達一棟平房前。

這棟平房相當老舊，約莫有三十年的歷史。橫拉式門板上掛著一塊門牌，上頭的字模糊難辨，依稀是「栃野」。

門板上的玻璃有缺損，屋主自內側以膠帶封住窗孔。連大門的玻璃也無法換新，不難看出這一家的經濟狀況。

御子柴按下門鈴，不僅沒人回應，屋內亦沒響起鈴聲，或許早就故障。

「打擾了，有人在嗎？」

御子柴揚聲大喊，依然無聲無息。接著，他又敲了數次門。此時，鄰家的婦人探出頭說：

「栃野太太不在家。」

「大概何時會回來？」

「最近她常去川口，不過這時間應該快回來了。」

「那我在這裡等。」

「你是哪位？看起來……不像推銷員。」

婦人的眼神充滿好奇。

這樣的鄰居或許會主動說出一些有用的資訊。御子柴沒走向婦人，反倒是婦人走過來。

「我是栃野守命案的被告律師。」

婦人一聽，旋即眉飛色舞地說：

「看電視報導，阿守被他照顧的老人殺了？真是……因果報應。」

「妳認識栃野守？」

「他從小到大都住在這裡，直到當年發生那件事才離開。他還是個孩子時，我就認識他。」

太好了。雖然沒見到栃野的家人，但遇上與他熟識的鄰居。

「方便請教幾個問題嗎？」

「我現在很忙……你別問太久。」

婦人嘴上這麼說，神情卻帶著終於找到機會說三道四的興奮。

「住在這裡的是栃野守的父母？」

「阿守是獨生子，他爸十年前病逝，如今只有媽媽一美獨自住在這裡。」

「父親病死？是怎樣的病？」

「肝硬化。說穿了，就是酒喝太多。」婦人朝御子柴招招手，壓低話聲：「既然不是局外人，你應該很清楚，阿守因船難事件的惡行傳遍鄰里，在這裡待不下去，只好搬到別的地方。他爸的工作受到影響，吃了不少苦頭，最後也不去工作，整天醉生夢死。阿守剛搬走，他爸就住院，不久便去世。」

「為什麼會待不下去？當年新聞媒體報導那案子時，不是沒報出姓名嗎？」

「雖然沒報姓名，但附近的人都知道是阿守。他毆打女人搶奪救生衣的影片，臉部拍得清清楚楚。如此一來，難免有人在他背後指指點點。不只對他，包含他的家人。雖然法院判他無罪，可是，為了活命向弱女子施暴，跟殺人有什麼不同？記得他原本在看護服務中心上班，後來也不幹了。」

婦人口沫橫飛地剖析栃野守的罪狀。

「阿守離家後，他爸媽的生活沒比較好過。大家都指責他們是殺人凶手的父母。大約有一年的時間，他們關在家裡，幾乎不敢出門。一天到晚都有電視臺記者、偵探之類的可疑分子來找他們，真是給街坊鄰居添了不少麻煩。」
婦人嘴上說添麻煩，表情卻是嘻皮笑臉。
「沒想到，後來阿守繼續當看護師，真是意外。或許他這麼做，是想向被他害死的女人懺悔吧。」
栃野守任職於「伯樂園」後死性不改，持續對孱弱的老人暴力相向……要是婦人得知這件電視新聞沒報的事，不知會露出什麼表情？
「既然在認真工作，應該是恢復成原本的他了。」
「栃野守原本是怎樣的人？」
「唔……小時候是乖巧認真的好孩子，很愛哭。經常在學校遭欺負，哭著走回家。」
「小時候他不是欺負人的一方，是受欺負的一方？」
「雖然個性認真，但不是那種能在班上受歡迎的類型。即使受到欺負也不敢回嘴，因此壞孩子都愛欺負他。不過，他個性善良，會撿回流浪狗，挨媽媽一美的責罵，還來問我願不願意幫忙養。」
「出社會後，他的個性都沒改變？」
「沒有，遇到我都會主動打招呼。」
「不會出現暴力舉動？」

「從來沒有。雖然不像以前那樣受欺負，依舊老實內向。所以，聽到他做出那種事，我們都非常驚訝。就算是為了活命，也不該打女人。真的要到生死關頭，才能看出一個人的本性。」

這樣的答案，實在出乎御子柴的意料。

今天，御子柴走訪栃野的親人和舊識，是希望聽到「栃野從小人格就有所偏差」的證詞。本案的死者，曾因害死一名女性遭到起訴，遇害前也幹了不少壞事……只要在法庭上說出這樣的故事，有助於提升稻見在法官心中的形象。

但依這名婦人的說法，栃野小時候是個柔弱少年，並無使用暴力的傾向。而且，直到長大成人，這樣的個性都沒改變。因此，當年他在船難中做出那樣的事，認識他的人都相當震驚。

「或許他是自作自受，但媽媽一美受他拖累，實在可憐。以為自己的孩子忠厚老實，沒想到竟是會打女人的壞蛋。阿守搬離這個家是明智的決定，繼續住在一起，肯定會出事。他搬離這裡，對大家都是好事。不，或許就是一美說服他搬出去。」

「栃野守常來探望母親嗎？」

「連逢年過節都不會回來。或許他知道就算回來了，附近的人也不會給他好臉色……啊！」

婦人的視線越過御子柴的肩膀，望向御子柴的身後。

下一瞬間，背後響起怒罵聲。

「你們在別人家門口做什麼！」

御子柴轉頭一看，一名頭髮花白的老太太狐疑地望著他。約莫就是栃野的母親一美吧。

婦人尷尬地轉身逃進家裡。御子柴獨自面對老太太，只能硬著頭皮微微頷首致意。

「敝姓御子柴，是栃野守先生遇害一案的被告律師。」

「你是殺害阿守的那個稻見的律師？快走，我不想看到你。」

這麼聽來，她似乎還不曉得御子柴的底細。

「你以為拍家屬的馬屁，就能讓凶手減刑？哼，我不會讓你的詭計得逞。」老太太接著道。

「我並不打算拍妳的馬屁，只想知道一件事。」

「一件事？」

「栃野守先生非死不可的理由。」

老太太一聽，表情瞬間凍結。

「因為他是壞人，還是因為他是好人，才會被殺？我的委託人不肯說出真相，我只好自行尋找答案。」

一美目不轉睛地瞪著御子柴，半晌後，大喝一聲「讓開」，將御子柴推向一旁，打算走進家裡。

「栃野守先生的為人，遲早會在法庭上公開。在那之前，身為母親的妳，有沒有什麼話想說？」

「法庭有什麼了不起！你們根本不瞭解那孩子。」

「我大概知道一些。十年前的那起船難，他為了活命，毆打同船的女乘客，搶奪救生衣。」

「少囉嗦！」

「離開這個家後，他任職於公立安養院，卻每天虐待院裡的老人，還吹噓自己殺過人。」

「少囉嗦！少囉嗦！少囉嗦！」

一美的反應，令御子柴微感詫異。

御子柴以為，一美聽到栃野在「伯樂園」的行徑會感到震驚，沒想到她只是要御子柴閉嘴，沒否定這個事實。

「妳知道在船難事件後，栃野守先生並未改過向善？妳知道兒子每天虐待年紀跟妳差不多的老人？」

一美剛要拉開門，頓時愣住。

孩子變成怪物，母親卻選擇逃避，沒努力讓兒子恢復人性。

沒錯，跟御子柴的母親一模一樣。

「別說得好像你什麼都知道！」一美轉過頭，除了憤恨不平之外，臉上多了幾分走投無路的絕望。「那孩子變成怪物，全是你們害的。阿守原本是老實的普通孩子，發生船難後，每個人都把他形容成妖魔鬼怪。要不是你們，他也不會變成那樣。生死關頭，誰不會優先保住自己的性命？每個人都只會唱高調，把自己當成聖人。」

「妳曾試著幫助他嗎？」

「怎麼幫？我和他爸在社會上簡直成了過街老鼠，阿守的個性又變得讓人摸不透。我幫助他，誰來幫助我？」

這不見得是一美的肺腑之言。她承受的壓力太大，不靠這種說詞來催眠自己，或許精神會崩潰。

即使如此，御子柴仍無法釋懷。

「妳曾試著面對嗎？」

「面對什麼？」

「面對生下怪物的事實。妳是不是滿腦子只想著孩子以外的事？」

「別因為我是他母親，就把責任都推到我身上。」

扔下這句話，一美走進屋內。

御子柴在外頭呼喚，但一美不再回應，他只好轉身離開。

腦海浮現一張不願想起的面孔。那正是御子柴犯罪進入關東醫療少年院後，一次都不曾再見面的母親。

想起母親的理由很簡單，因為枥野的處境與他有幾分相似。

枥野原本是待人和善的少年，歷經船難事件後，內心遭惡魔占據。他不也是這樣？連生命的意義都還搞不清楚，就殺害無辜女童，幸好後來因一首鋼琴曲大徹大悟。御子柴與枥野的共通點，就是母親都選擇逃避。

枥野彷彿是另一個御子柴。

冒出這個感想的瞬間，御子柴忽然有種奇妙的念頭。

稻見會不會也察覺這一點？

明知枥野是另一個御子柴，稻見卻還是殺了他？

御子柴想像自己遭稻見殺死的情景，難得感到一陣恐懼。

4

北九州市小倉北區中島一丁目。穿過車站前的商店街後，沿著縣道二六六號線往南前進一段路，便進入新舊公寓櫛比鱗次的住宅區。

稻見的前妻恭子就住在這一帶。

根據事前的戶籍調查，御子柴得知稻見一家共三人。任職關東醫療少年院的教官不久，稻見就與妻子恭子離婚。恭子恢復舊姓石動，回娘家居住。後來，長男武士結婚搬出去，如今只剩恭子獨自生活。

御子柴想拜訪稻見的家人，是希望在必要時家人能發揮勸阻的力量，避免稻見一意孤行。除此之外，基於私人理由，他也期盼與稻見的家人見上一面。

回想起來，當年御子柴在醫療少年院時，雖然常與稻見交談，但稻見極少提及自己的家人。或許稻見是考量到御子柴的家庭狀況，刻意避開這個話題吧。御子柴只知道一點，就是稻見的長男與他年紀相同。為了避免稻見反對，御子柴並未將今天的行程告知稻見。

經過慈濟寺前方，轉進一條岔路，很快便找到稻見前妻的住處。那是一棟有著板岩屋頂的雙層建築，門牌上寫著「石動」。建築本身的老舊程度，與栃野的老家差不多，但沒有荒廢感。

由於經常必須拜訪委託人的住處，御子柴領悟一項法則，就是家庭關係一旦出問題，房子往往也會荒廢。依這項法則來看，石動家還算健全。

按下門鈴不久，屋內傳來回應。

「請問你找誰？」

「我是律師，想請教關於您前夫的事。」

「請稍等……」

不一會，一名老婦人自門內探出頭。

「敝姓御子柴。」

「我叫恭子。」

看起來與稻見同樣是七十五歲左右，頭髮有些花白，但口齒清晰。對於御子柴的突然造訪，老婦人並未面露不悅。

「稻見提過你。遠道而來辛苦了，請進。」

在恭子的邀請下，御子柴踏進屋內。恭子似乎相當愛乾淨，屋裡仍難免有股淡淡的老人氣味。

「妳一個人住？」

「是啊。」

「生活上應該有許多不便的地方吧？」
「我早就習慣了。至少不必照顧任何人，日子還算輕鬆。」
恭子將御子柴帶進客廳，並端茶過來。
「不好意思，家裡沒什麼東西能招待你。」
御子柴正想回答「不用這麼客氣」，恭子忽然正襟危坐，深深一鞠躬。
「你幫了稻見很多忙，非常感謝。」
「伯母……」
「稻見曾告訴我，當初進入『伯樂園』時，你寄一大筆錢給他。沒能親口向你道謝，實在過意不去。」
「別這麼說，那只是我自作主張。」
「但那筆錢真的幫助很大。光靠稻見的年金，根本無法支付醫療及看護費用，只能在家裡靜養。稻見原本擔心無法維持生計。」
以為是理想的安養院，沒想到竟是虐待的地獄。雖然不是御子柴的錯，他還是有些內疚。
「聽說，你們是在教官任職於少年院時離婚？」
「是啊……起先只是一點小摩擦，卻一發不可收拾……稻見和我個性都很倔強，一旦決定的事誰也無法改變。說來倒也滑稽，離婚後反倒相處融洽。」

恭子話中帶著割捨不下的情感，似乎對衝動離婚頗為後悔。但御子柴沒問她為何不再次結婚，那不是外人能置喙的事。

「妳會定期到『伯樂園』探望嗎？」

「剛住進去時，我探望過幾次。但北九州到埼玉縣的川口實在太遠，我這雙腿沒辦法長時間走路……最近除非稻見要求，我不會主動前往。稻見曾向我抱怨，我去了會增加職員的麻煩。」

恭子露出寂寞的微笑。御子柴試著從另一個角度理解稻見的想法。

「稻見教官提過『伯樂園』裡的生活嗎？」

「他交到一些好朋友，日子過得挺快活，而且那裡設施完善，沒什麼可挑剔的。」

御子柴暗想，稻見剛入院時，多半沒什麼異狀，所以放心地邀請恭子前往。自從某個時期後，院內的虐待惡習殃及稻見，雖然始料未及，但除了「伯樂園」之外已無去處。為了避免恭子看穿，便不讓恭子探望。

依稻見的個性，確實很可能這麼做。

「話說回來，緣分真是奇妙。御子柴先生，以前我常聽稻見談起你。」恭子刻意不提少年院，約莫是為了避免御子柴難堪。「他稱讚你是個聰明的孩子。沒想到，當年的聰明孩子長大後，居然成為稻見的律師，真不知該如何向你道謝。」

從恭子的態度看來，她不曉得稻見會提早退休，全是御子柴的錯。

御子柴猶豫著該不該坦白，恭子接著道：

「稻見經常把那裡形容成學校。」

「學校？」

「聚集許多需要學習的孩子，他們會在裡頭逐漸變成大人。院生既像同學又像兄弟，雖然多少會有摩擦，但都能成為人生中的教訓。這樣的地方，不正是學校嗎？當教官的時期，他過得非常充實，每天充滿幹勁。如今回想，那是他人生中最燦爛的一段時光。只是，他忙著照顧院生，卻疏於關心親生兒子，引起我的不滿。」

「教官常在家裡談起少年院裡的事嗎？」

「是啊，現在自然是不能這麼做，但當時對個人資料的管制還沒那麼嚴格。」

恭子愈說愈起勁，口齒變得伶俐許多。或許她是個天生喜歡說話的人。相較之下，稻見有些沉默寡言，兩人或許剛好合得來。

「啊，為了稻見的名譽，我得澄清一點。他不是在家裡針對哪個院生說三道四，只是像老師一樣，談論當天學校發生的事。」

「我明白，稻見教官不是多話的人。」

「他對你們很嚴格嗎？」

「嚴格到足以讓犯了重罪的愚蠢孩子當上律師。」

「他相當以你為傲。指導過那麼多學生，他認為你是最傑出的。」

「以我為傲？」

「是啊。我去『伯樂園』探望他時，他也常提起你，簡直把你當成親生兒子，我有點嫉妒。」

一股酸甜的滋味在御子柴心中擴散。

這句話御子柴認為非說不可。

「或許妳聽了會不高興……其實，稻見教官在我心裡也像親生父親。妳知道關於我父親的事嗎？」

「不知道。」

「當年我犯了罪，被關進少年院，死者家屬提出民事訴訟，要求賠償八千萬圓。雖然是合情合理的要求，但我父親沒償還這筆債務，而是選擇上吊自殺。」

「嗯……」

「遺書裡寫著，他要為我犯下的罪行負責，在我看來實在很可笑。」

恭子臉色大變，「親生父親過世，你卻覺得可笑？」

「抱歉，或許我不該這麼說，但我認為自殺只是在逃避責任。儘管我沒資格評論父親的對錯，但若是真的想負起責任，應該有更好的方式。」

「不管怎樣，他是你的親生父親。」

「確實，不過稻見教官更像是我的父親。石動女士，稻見教官因傷提前退休，妳清楚詳情嗎？」

「不清楚，稻見只說發生一場意外。」

「害稻見教官的一條腿殘廢的正是我。」

恭子倒抽一口氣，看來真的不知情。

短短一句話，御子柴胸口的沉重感減輕不少。他決定原原本本地說明來龍去脈。

「當時，我們正計畫逃出少年院，稻見教官想阻止我們。於是，我和教官扭打在一起，手上的刀子刺入教官的大腿。他會半身不遂，全是我的錯。」

御子柴不由得低下頭。

「我不奢望能獲得原諒，因為那對稻見教官太失禮。教官沒告訴任何人內情，所以我只受到輕微的處罰，繼續在少年院裡安穩生活。要是教官公開真相，我可能根本當不成律師。雖然是我一廂情願的想法，但稻見教官真的比親生父親，更像我的父親。」

御子柴目不轉睛地凝視著榻榻米。即使恭子破口大罵，他也不能回嘴。

直到這一刻，御子柴終於明白自己的心情。

原來自己一直想道歉。稻見對他如此信任和關愛，甚至超越親生父親，他卻背叛稻見，導致稻見下半輩子過著淒涼的日子。僅僅是幫忙準備公立安養院的入住費用，根本無法彌補天大的罪過。

御子柴一直想道歉。然而，每當浮現此一念頭，腦海就會響起稻見的話。

——贖罪不是靠嘴巴，而是行動。你只能以行動表達懺悔。

稻見絕不會接受口頭上的懺悔，所以御子柴不曾向稻見道歉。

其實，御子柴的心中充滿歉疚。既然沒辦法向本人道歉，不如向他的家人道歉。真是卑鄙啊，明明有贖罪的覺悟，卻依然渴望心靈的平靜。

不論遭到吐口水或拳打腳踢，他都不敢有怨言。

御子柴靜靜等待恭子的懲罰，最後卻換來溫柔的低語。

「請抬起頭。」

「咦……」

「稻見並未責怪你吧？既然如此，我又能說些什麼？何況，名義上我們已不是夫妻。不管你們之間發生過什麼事，我都沒資格過問。」

御子柴緩緩抬起頭。恭子表情和藹，目光中仍帶有三分無奈。

「真不知該如何補償……」

「好了，依稻見的個性，一定會要你別再多說，對吧？你當他是父親，就該聽他的話。」

御子柴不禁苦笑。沒想到，稻見的前妻一樣不接受他的道歉。

「不過，我有些嫉妒。稻見的每一句教誨，你似乎都確實遵守。」

御子柴捫心自問，真是如此嗎？若將稻見的每個教誨都奉為圭臬，他應該會更奉公守法。

「其實，要是稻見能多關心兒子武士一點，我也不會選擇離婚……御子柴先生，依你的年紀，應該很清楚往昔的風氣是父親不必理會家裡的事，顧好工作就行……但我沒辦法忍受。」

恭子的口吻不太尋常，於是御子柴探問：

「妳剛剛提到和稻見教官產生的小摩擦，發生了什麼事嗎？」

「外人可能會覺得無聊，你願意聽嗎？」

「只要是能看出教官為人的往事，請務必告訴我。」

恭子望向遠方，半晌後才開口：

「武士剛上國中時，曾被懷疑在學校附近的書店偷東西……書店老闆以現行犯將他逮捕。」

父親與犯罪的兒子……

這一點也與御子柴的父子關係有幾分相似。

「書店老闆打開武士的書包一看，確實有一本成人雜誌。武士堅稱自己沒偷竊，但那個老闆對偷竊行為一向不寬待，當場報警處理。在警察和我的面前，武士仍堅稱沒偷竊，最後哭了起來。他要我把爸爸找來，認為爸爸一定會相信他。」

御子柴能理解武士的心情。全世界都不相信自己沒關係，只要稻見願意相信就足夠。

「我打電話給稻見，要他立刻來一趟，但他說工作太忙走不開，交給我處理。坦白講，由於他的職業是法務教官，我原本期待他能到場，讓一切平安落幕。所以，我希望稻見向上司請假，無論如何都得趕來。他一直堅持無法分身，我一直堅持要他來，愈吵愈凶，最後我問他……工作和兒子哪邊比較重要？」

恭子的語氣平淡，但並非在歲月流逝中釋懷。從話聲的抑揚頓挫，聽得出她其實在強行壓抑情感。

「這時，稻見對我說……國中生偷點東西沒什麼大不了。這句話讓我對他徹底絕望，我直接掛斷電話。事後回想，或許是工作上經常接觸那樣的孩子，稻見對少年的不良行徑較寬容。只是，我怎能容許這種事？」

「……這是你們離婚的原因？」

「是啊，我認為一個不相信孩子的父親，不值得我倚賴。而且，武士那件事還有後續發展。經警方深入調查，發現是當時在店裡的同班同學故意栽贓，把雜誌放進他的書包。但這些已不重要，我沒辦法繼續與稻見共同維持家庭。」

御子柴不禁垂下頭。

終於明白稻見為何對他特別關愛。

原來那是一種補償心態。稻見後悔沒相信兒子，於是決定相信御子柴。

「武士有何反應？」

「跟稻見離婚時，我曾向武士解釋。他看起來有些落寞，但沒反對。父親不相信他，恐怕對他也是很大的打擊。」

御子柴再次想苦笑。

原來稻見和他一樣，與家人的相處出了問題。難怪他和稻見會如此合得來。

「離婚後，我帶著武士回娘家。那時我父母都還健在，稻見也每個月寄錢給我，生活不成問題。」

「後來，武士與稻見教官見過面嗎？」

「他結婚後有沒有去找過爸爸，我不太清楚。不過，那孩子的個性跟他爸一樣頑固，除非有什麼特殊的理由，否則不會見面吧。」

「沒辦法修復他們的關係嗎？」

「親人之間一旦決裂，要恢復感情是難上加難。御子柴先生，你應該十分清楚。」

「真是令人汗顏。沒錯，我根本沒資格談什麼修復關係。只是，武士與我不一樣，他有家室。當上父親後，或許對稻見教官的態度會改變。」

恭子的臉上忽然籠罩一層陰影。

「那是不可能的。」

「為何這麼悲觀？」

「不是我悲觀，武士這輩子不可能當上父親。」

「為什麼？」

「啊，你不知道？武士早就去世了。」

「咦？」

「大概十年前，剛結婚不久就走了。他原本只是在月臺等車，卻被進站的電車撞死，人命真是脆弱。」

「被電車撞死？」

「別誤會，武士不是自殺，他是為了救人才犧牲。當時他站在月臺上，前面是一位老先生。那老先生一個沒站穩，跌下月臺。武士立刻跳下去把他推上來，自己卻來不及爬回月臺……」

御子柴的腦海掠過一個念頭，追問：

「石動女士，關於這場意外，能不能請妳說得詳細點？」

「若你想知道詳情，我有當時的剪報，你要看嗎？」

「麻煩妳了。」

恭子起身暫時離開，不久後拿一本筆記本返回。一翻開筆記本，裡頭貼著不少剪報，排列得整整齊齊，但紙面早已泛黃。

關於電車意外的報導……

讚揚武士捨身救人行動的社論……

警方和區長頒發感謝狀的照片……

報紙上記載的日期為二〇〇四年十月二日。

〈十月一日，東京地下鐵東西線茅場町車站發生一起死亡意外，死者為任職於〇〇公司的石動武士（三十三歲）。據悉當時石動是為了救助跌落月臺的另一名男子，才會遭進站的電車撞上。員警和救護人員在事發後立即趕到，但石動已無生命跡象，現場的……〉

「來自社會各界的讚美聲不斷，我卻是欲哭無淚。大家都說武士英勇犧牲，我應該以他為榮，但我實在不曉得該露出怎樣的表情。即使我再難過……」

御子柴的情緒太激動，恭子的話幾乎一句也沒聽進去。

新聞剪報牢牢吸引他的目光，讓他動彈不得。

終於找到了……答案竟藏在這個地方……

如此一來，所有百思不解的環節都得到合理的解釋。不僅如此，這將成為拯救稻見的最強武器。

不知不覺間，御子柴的掌心滿是汗水。

5

四月二日，看護師命案第二次開庭。

法官席的正中央坐著遠山審判長，兩側分別是平沼法官與春日野法官，位置與第一次開庭時完全相同。三名法官與六名裁判員看著御子柴的目光一樣冰冷，矢野檢察官也跟上次一樣臉上不帶絲毫情感。那冷漠的態度是源自於對「屍體郵差」的偏見嗎？不，在這件案子裡，被告甘願受罰，律師卻追求無罪，矢野或許是在恥笑眼前這個律師不知天高地厚。

「辯護人，開始辯論前，我想先確認一點。上次你曾答應我，今天要證明筆錄受到檢察官刻意誤導，你還記得嗎？」

遠山審判長說得輕描淡寫，但他見識過數次御子柴的辯護手法，或許正警戒著御子柴又會使出怪招。

「審判長，我記得。」

「包含在場的六位裁判員在內，我們都看過被告接受訊問時的影像紀錄，並未發現檢察官對被告言詞恐嚇或誤導的情況。」

聽到遠山的話，六名裁判員紛紛點頭同意。

隨著政府推動偵訊透明化的政策，訊問筆錄遭檢察官刻意誘導的情況大幅減少。剛實施時，檢察界原本有些反對聲浪，但筆錄因難以造假而提高了在法庭上的證據力，對檢察官未嘗不是一件好事。

遠山這麼問御子柴，其實帶有挑釁的意味。過去遠山審理由御子柴辯護的案子，不曾提出這樣的質疑。或許他認為從前那幾個案子被御子柴耍得團團轉，今天想反將一軍。

在御子柴看來，這倒是個好機會。既然對方胸有成竹，遭到反擊後的震撼也會加倍。

御子柴緩緩起身，解釋道：

「辯護人今天想證明的是供述內容本身的謬誤，與訊問過程無關。」

「謬誤？怎樣的謬誤？」

「被告可能主動進行錯誤的陳述，並非受到檢察官的誤導。」

法庭內霎時響起一陣竊竊私語。御子柴望向被告席上的稻見，他一臉錯愕，不明白辯護人怎會說出這種話。

「審判長，我想傳喚事先提出聲請的證人。」

「請吧。」

御子柴向法警比了個手勢。法警走向門口，不久後，帶來安養院的院長角田。

稻見狐疑地皺起眉。

角田左顧右盼，戰戰兢兢步向證人席，表情像是做錯事被喚進教師辦公室的小學生。

待人別訊問和宣誓結束，御子柴走到角田面前，開口道：

「證人，你是公立安養院『伯樂園』的院長嗎？」

「是的。」

「你從什麼時候開始擔任院長？」

「『伯樂園』剛成立時，我就是院長。」

「那麼，是在被害人栃野擔任『伯樂園』的看護師之前？」

「是的。」

「栃野的工作態度如何？」

「抗議！審判長，被害人的工作態度與本案無關，辯護人的問題沒有任何意義。」矢野立即舉手表達反對。

「辯護人，我的想法跟檢察官相同。」遠山說道。

「審判長，這個問題是為了證明筆錄內沒提到的動機。透過證人的證詞，更能清楚看出被告與被害人之間的關係。」

御子柴想證明稻見有多憎恨栃野，照理來說，這反倒對檢方有利。矢野與遠山不禁滿臉疑惑，但沒進一步反對。於是，御子柴轉頭催促角田：

「證人，請回答我的問題。」

「枥野進『伯樂園』前就有看護經驗，而且工作十分細心，入住者對他的評價都很好……」

御子柴承受著眾人的視線，清楚感受到法庭內眾人的反應。每個人都認為，角田是失去得力職員的安養院院長。

「原來如此……現在我想請證人看一段影片。」

接著，御子柴面向法官席，說道：

「審判長，我提出一份錄影畫面，作為辯方的辯八號證。」

御子柴一揮手，助理人員搬進來一座大型螢幕。由於法官和裁判員前方都備有電腦螢幕，席上九人看見庭上多一座大型螢幕，都有些摸不著頭緒。

「辯護人，你這是在做什麼？」

「為了確保證人和法官席上的各位觀看的影像完全相同，沒有任何造假。」

御子柴嘴上這麼說，其實只是藉口。他真正的目的，是希望透過比電腦更巨大的螢幕，讓法庭上所有人都看見影像，才能達到最佳效果。

「那麼，我開始播放影像。」

看見映出的影像，角田發出短促的呻吟。

那正是御子柴從角田那裡奪取的院內監視器影像。畫面分成四區，沒有半點聲音。

「證人，你應該很熟悉這些畫面。請告訴我，是不是『伯樂園』內的監視器影像？」

影像呈暫停狀態，但前原、漆澤和入住者的身影已出現在畫面上。角田瞪著螢幕，大氣也不敢喘一口。

「證人！」

「是……是的……」

得到角田的回答，御子柴緩緩按下播放鍵。畫面裡的人的行為，當然和洋子在事務所看見的一樣。

四個區塊分別出現看護師們欺凌老人的特寫。雖然沒聲音，但注視著老人張開的嘴巴和扭曲的表情，眾人彷彿都聽見聲音。看護師踹倒輪椅，朝趴在地上的老人拳打腳踢，甚至抽出護身棒不斷往老人身上猛砸。

法庭內的空氣瞬間凍結。包含遠山在內的法官和裁判員，及坐在旁聽席上的觀眾，全目不轉睛地盯著畫面，幾個人甚至露出目瞪口呆的表情。

半晌後，旁聽席上傳出騷動。

「他們在幹什麼？」

「太過分了。」

「那根本是虐待。」

「旁聽人請保持肅靜！」

遠山回過神，趕緊維持秩序。他失去剛剛的沉著冷靜，懷疑地睨視證人席上的角田一眼，向御子柴詢問：

「辯護人，這是怎麼回事？」

「審判長，如你現在所見，虐待入住者在『伯樂園』根本是家常便飯。我實際造訪過『伯樂園』，在入住者身上發現不少遭到施暴的傷痕。經本人同意後，我拍下那些傷痕的照片。好了，證人，請你回答我……」

角田的眼神又驚又疑，宛如遭獵人追趕的小動物。此時，氣氛與剛剛截然不同，每個人都認定角田是虐待老人的主謀。

「你知道院內發生這些事嗎？」御子柴問。

御子柴由下往上觀察角田的臉色。這樣的舉動幾乎算是挑釁，對嚇得有如驚弓之鳥的角田效果十足。

「你身為院長，不僅管理院內的財政收支，還得負責培育人才和管理院內設備，是嗎？」

「是……是的……」

「你因為太忙，沒辦法注意到每一名看護師的所作所為……是嗎？」

「是的。」

「你剛剛說，栃野在看護工作上相當細心，入住者對他的評價都很好……但他可能經常對入住者施暴，只是你沒看到而已，是嗎？」

御子柴一邊問話，一邊觀察著背後矢野檢察官的動靜。不出所料，矢野並未提出抗議。顯然地，他認為證明稻見與栃野的對立關係，有利於檢方。

角田撇開臉，彷彿想逃避御子柴和眾人的冰冷視線。

「在我沒看見的地方……確實可能發生這種情況。」

御子柴暗暗叫好，要的就是這句話。

他心滿意足地轉身背對角田，說道：

「辯護人問完了。」

角田見御子柴不再理會他，頓時一臉尷尬又無助。遠山看不下去，開口：

「檢察官是否進行反方詢問？」

「不用。」

「好，證人可以退下了。」

角田沮喪地走下證人席，矢野依然緊盯著他。等這案子一結束，矢野想必會立即針對「伯樂園」的虐待案展開調查吧。這時，旁聽席上有數人站起，看起來都是新聞從業人員，他們跟著角田走出法庭。看來不久後，「伯樂園」的虐待案就會成為報章雜誌上的頭條新聞。

御子柴瞥稻見一眼，發現他臭著臉。希望掩蓋的祕密被辯護人揭發，難怪臉色會這麼難看。

「審判長，我想傳喚第二名證人。」

「請吧。」

「第二名證人請到這邊來。」

御子柴招招手，旁聽席上一名男人起身，步向證人席。男人與角田擦肩而過時，角田看見男人的臉，發出一聲驚呼。

「久……久仁村？」

「嗨，院長。沒想到會在這裡碰面，真是奇遇啊。」久仁村一邊取笑著角田的狼狽模樣，一邊走向證人席。踏上證人席的前一秒，他與御子柴四目相交。

「為了救稻見，你真是無所不用其極。」

「這是我的一貫作風。」

御子柴刻意安排證人久仁村坐在旁聽席上，是為了讓他親眼目睹角田的作證已令「伯樂園」職員虐待入住者的惡行曝光。如此一來，久仁村的堅持已沒有任何意義。

久仁村曾說，有些東西比實質的利益重要，而且比起金錢，他更重視信賴和信念。久仁村答應稻見不將真相說出去，是認為一旦「伯樂園」虐待入住者的內幕曝光，「伯樂園」就無法再經營下去，入住者們將流落街頭。這樣的擔憂，確實很符合稻見的性格。反過來說，只要事先將虐待的內情公開，稻見就失去保守祕密的理由。如此一來，久仁村當然也不必再顧忌和稻見的約定。與其擔憂未來何去何從，久仁村更在乎稻見的名譽。

人別訊問結束，遠山向久仁村說明宣誓的意義。

「一旦宣誓後，如果在證人席上撒謊，便犯下偽證罪。現在請你念出前方的宣誓書。」

「『我發誓將秉持良心陳述真相，不隱瞞亦不造假』。」

「請在宣誓書上簽名和蓋章。」

待久仁村蓋完章，御子柴便昂首闊步地走到他面前。這時，御子柴的態度與剛剛面對角田時完全不同，這都是考量到心理層面的影響。

「證人，你看到剛剛的影像了嗎？」

「不僅看到了，而且我也在裡頭。」

「影像的內容都是真實發生的事？」

「沒錯。」

「證人，你的嘴唇腫起來，也是在院內遭虐待所受的傷嗎？」

「是啊，有個叫前原的看護師不斷毆打我。」

「有沒有哪個看護師讓你覺得太過分，實在無法容忍？」

「有。」

「是誰？」

「被殺的枥野。那個人最陰狠，絲毫不留情面。」

「這樣的暴力行為每天都會發生？」

「倒也不是每個人都天天挨揍。」

久仁村故意答得拐彎抹角，御子柴當然沒輕易放過。正因久仁村的個性太耿直，才會說出這句話。

「倒也不是每個人都天天挨揍……意思是，看護師施暴有輕重之分，並非一視同仁？」

「這問題你應該問他們……說穿了，就是不會抵抗的比會抵抗的人好下手。」

「所以，被害人枥野專挑無力還手的人施暴？」

「可以這麼說。」

「相反地，有人因為會抵抗，較少受到被害人枥野暴力相向？」

「是啊。」

「那個人在法庭裡嗎？如果在場，請指出他。」

久仁村略一遲疑，無奈地指向被告席上的稻見。

「證人，請談談被告是怎樣的人。」

「稻見從來不生氣。雖然表情嚴肅，但幾乎不會動怒。例如，同一組的成員圍著一張桌子吃飯，有些人雙手不靈活，常打翻杯碗，湯湯水水濺在稻見身上，但他不曾發過脾氣。」
「你的意思是，被告的個性相當溫和？」
「是啊。」
「抗議！」矢野再度舉手。「辯護人的提問，只是關於被告性格的刻板印象，對本案的審理沒實質幫助。」
「不，這些問題可以證明，訊問筆錄的內容與事實有所偏離。我並非指責檢方捏造筆錄，而是自我認知與他人評價往往大相逕庭，筆錄中描述的被告，只是被告心中的虛假認知。」
「抗議駁回。辯護人，請繼續。」
「謝謝。從剛剛的證詞可發現，筆錄中描述被告與被害人經常發生衝突的這一點並非事實。我必須再次強調，那是因為筆錄的內容完全是依被告本人的供詞製成。換句話說，這是被告自我欺騙或錯誤認知產生的謬誤。證人，接下來我想問的問題，是關於被害人栃野守。」
「關於栃野？」
「你剛剛提到他經常虐待毫無抵抗能力的人，能不能請你具體指出他最常虐待的對象？」
「一個叫後藤清次的老爺爺。雖然沒坐輪椅，但他年老力衰，又有一點失智症的傾向，連表達抗議都有困難，正適合拿來當下手的目標。」
「除了肉體上的暴力之外，是否有言語上的暴力？」

「我不清楚算不算言語上的暴力，但栃野在威脅後藤時，總愛說一句話。」

「哪一句？」

「『我殺過人，而且被判無罪。多殺你一個也沒什麼大不了』，他最喜歡把這句話掛在嘴邊。」

法庭內的氣氛再度凍結。

「審判長，我想提出一份從前的判例作為辯十二號證。這個判例，是關於平成十五年八月六日，航行於釜山至下關的渡輪『藍海號』沉沒時，發生在船上的傷害案件。」

旁聽席上的眾人交頭接耳，六名裁判員也聽得瞠目結舌，顯然事前並不知情。相較之下，三名法官和矢野檢察官的表情毫無變化，顯然早已心知肚明。他們沒把這件事告訴六名裁判員，站在善意的角度解釋，或許是希望裁判員不要有先入為主的觀念。

換句話說，這意味著栃野的過往經歷，將對裁判員的內心造成極大的衝擊。在御子柴提到「藍海號」船難的瞬間，裁判員都大吃一驚，這個反應正是最好的證明。

「或許有裁判員不清楚這起案子的詳情，為了保險起見，我稍作說明。韓國籍渡輪『藍海號』船難，是造成兩百五十一人死亡、五十七人失蹤的重大意外。在船即將沉沒時，甲板上有名男乘客以武力搶奪女乘客的救生衣，造成女乘客死亡。這名男乘客不斷毆打年僅二十歲的柔弱女乘客，奪走救生衣後棄女乘客於不顧，此人便是栃野守。警方逮捕栃野，以傷害罪嫌將他移送，但一審時辯護方以『緊急避難』為由，主張無罪。法院接納辯護方的主張，宣判栃野無罪。檢方也放棄上訴，於是栃野無罪定讞。這裡有當時新聞報導的影本，各位裁判員可參考。」

從裁判員的表情，看得出審判的情勢出現戲劇性的變化。原本眾人眼裡粗暴易怒的被告，成為忍辱負重的正人君子；原本誠懇正直的被害人，變成泯滅人性的禽獸。

然而，矢野沒採取任何行動。照理，檢察官應提出抗議，主張辯護方只是想藉由貶低被害人的人格，提升被告的形象。但當年利用「緊急避難」獲判無罪的栃野，在檢察官心中也算是敵人，或許矢野不願說出迴護栃野的言詞。

此時，遠山開口：

「辯護人，你說出被害人過去的經歷，在本案的審理上有必要性嗎？」

「當然，但我希望法官和裁判員留心的，並非被害人從前的行徑，而是法院對其行徑下達的判決。」

為了防止遠山追問，御子柴隨即面向久仁村。到剛剛為止的提問都只是鋪陳，接下來才是重頭戲。

「證人，你的發言足以證明被害人與被告之間的關係，不像筆錄裡寫的那麼劍拔弩張。既然如此，筆錄裡描述案發當天兩人爆發激烈口角，被告憤而將被害人殺死，顯然不盡合理。我想問另一個問題……」

御子柴打開公事包，取出一支窄身的花瓶，接著道：

「這支花瓶和檢方提出的甲五號證凶器完全相同。請看，花瓶的形狀細細長長，底面積很小。依筆錄中的描述，相同的花瓶放在桌上。剛剛證人提過，有些同組的入住者動作不靈活，用餐時常打翻杯碗。站在安養院管理的角度來看，怎麼會將這種形狀的玻璃物品，放在那種不安全的地方？各位，我就直截了當地說，花瓶原本並非放在桌上，而是放在飄窗的窗臺上。」

御子柴將當初對久仁村說過的話，再次重述：

「窗臺有一圈水漬的痕跡，形狀與花瓶底部相同。我以數位相機拍下，列為辯十三號證。這可證明作為凶器的花瓶原本放在窗臺上，是被告移動到窗邊，將花瓶拿下來。問題在於，當時被告與被害人發生爭執，怎會有時間做這種事？還有，筆錄裡描述被害人蹲在地上清理剩飯菜渣，但飯菜掉到地上在安養院是常有的狀況，因此『伯樂園』的食堂角落備有長柄拖把。被害人想清理地面卻不使用拖把，未免不太合理。何況，被害人正在與被告吵架，怎會一直待在原地，等著坐在輪椅上的被告取來凶器毆打自己，既不逃走也不反抗？稍微想像一下，就會發現這樣的情境有許多地方說不通。」

御子柴湊近久仁村，依然維持誠摯的表情。

「坐在輪椅上的老人，要攻擊身強體壯的看護師，除非趁對方不注意偷襲，否則不可能得逞。當時，被害人專心做著某件事，才會沒察覺被告的舉動。他到底在做什麼，現場的證人應該都看見了吧？」

證人席上的久仁村不為所動。

然而，與御子柴四目相交時，久仁村微微避開。

「被害人是不是在虐待其他人？」

「抗議！審判長，辯護人刻意誤導證人的發言。」

「抗議成立，辯護人請變更問題。」

只差臨門一腳。御子柴改變提問，氣勢絲毫不減。

「若你不肯作證，我可以請其他入住者來作證。既然受到被害人虐待，約莫是無法清楚表達自我意志的入住者。我也覺得將這種人拉上法庭問東問西實在可憐，但我身為辯護人，只要是有利於被告又不違背法律，任何事我都幹得出來。」

「審判長，這不是誤導，而是恐嚇。請立即要求辯護人……」

「是後藤啦。」

矢野還沒抗議完，久仁村無奈回答：

「那時栃野忙著欺負後藤，沒發現稻見從窗邊取來花瓶。」

法庭內頓時鴉雀無聲。

包含遠山在內的眾法官、裁判員及檢察官矢野，皆驚愕地望向證人席。旁聽席上的所有視線，全集中在久仁村身上。

唯獨御子柴與稻見的反應不同。稻見氣急敗壞地瞪著昔日的學生，御子柴則氣定神閒地回望從前的恩師。

不給後藤和其他老人添麻煩，成為久仁村違背約定的最佳理由。御子柴故意使用接近恫嚇的口吻，便是為了讓久仁村順理成章地說出答案。

——稻見教官，你別怨恨我……

「容我再次確認你的證詞。」

御子柴操縱手邊的遙控器，大型螢幕上出現「伯樂園」入住者名單中，後藤的臉部特寫照片。

「你剛剛說的後藤清次，是這個人嗎？」

「沒錯。」

「證人，能不能請你詳細描述當時的狀況？」

「起初，後藤撒了一些飯粒在地板上。平常栃野就常常對後藤動粗，這天他當然也大發雷霆，突然抽出護身棒，開始毆打後藤。護身棒的材質非常硬，就算是輕輕敲打也會痛入骨髓。那混帳竟朝著後藤打了一下又一下，後藤無法忍受，癱倒在地。栃野要後藤把地板上的飯粒舔乾淨，後藤不肯，於是栃野騎在後藤身上，將他的頭按在地面。這時，稻見拿著花瓶靠近……」

「他想阻止栃野繼續使用暴力？」

「那時栃野的頭恰巧在稻見的膝蓋附近。原本稻見只以花瓶敲打栃野的肩膀，但栃野依然壓著後藤不肯鬆手，於是稻見用力往栃野的頭頂敲三下，栃野才躺在地上不動。接著，其他看護師趕到，確認栃野當場死亡。」

「你們同組的所有人，都看到這一幕？」

「是啊。」

「警察抵達時，你們為什麼沒說實話？」

「稻見堅持要我們別說。」

「為什麼？稻見的目的是制止栃野虐待同伴，只是不小心打死栃野。為何不這樣告訴警察？」

「稻見認為，不管有什麼理由，殺害栃野是事實，不該找藉口脫罪。如果這麼做，跟為了活命搶奪女乘客救生衣的栃野有何不同？」

答案早在御子柴的意料中。如今真相水落石出，整件事確實符合稻見的處世風格。既然犯罪是事實，就必須付出相應的代價……稻見擔任教官時，這句話就是他的口頭禪。這種想法根深蒂固地留在稻見心中。既然要求院生接受這樣的觀念，他當然也必須遵守。稻見就是這麼始終如一的男人，從來不知什麼叫變通。

「辯護人問完了。」

御子柴退回席上，恰巧撞上稻見的目光。稻見依然氣惱地瞪著御子柴。

「檢察官是否進行反方詢問？」

原本頂著撲克臉的矢野，神情也出現一些變化。在遠山的催促下，矢野有些不知所措地站起，開口道：

「證人，案發後，你們幾位入住者都曾在川口警署接受案情詢問。就算被告要你們守口如瓶，向警察作偽證時，難道心中沒半點猶豫？」

御子柴聽著前方矢野的提問，不由得暗自竊笑。身為檢察官，矢野不責備久仁村兩句，面子實在掛不住。但一直被蒙在鼓裡的檢察官，不管再怎麼難堪，此時數落久仁村也沒任何意義。問這個問題對檢方毫無益處，只是白費力氣。

「我們不曾像在法庭上一樣宣誓，也不是在偵訊室裡製作筆錄，只是回答幾個問題，哪算作偽證？何況，稻見殺害栃野是事實，我們只是隱瞞後藤遭虐待的部分，並不違法……稻見以這樣的理由說服我們。我們知道他一旦說出口，無論如何都要做到，只好順著他的意。」

「反方詢問結束。」

矢野的態度，像是盡了應盡的基本義務。

御子柴暗暗得意。風向逐漸轉為對己方有利。此時，裁判員的想法遭到顛覆，是趁勝追擊的最佳時機。

「審判長，我想傳喚第三名證人。」

「請吧。」

法庭大門開啟，一名約七十五歲的老婦人走進來。這應該是老婦人第一次踏進法庭，卻顯得落落大方。

稻見轉頭望見第三名證人，嚇得瞠目結舌。

「妳……妳……」

自當年的逃院事件後，御子柴從未看過稻見如此大驚失色。稻見惡狠狠地瞪著站在正前方的御子柴，罵道：

「御子柴，你這小子……」

「被告請安靜。」

稻見遭遠山喝止，不敢再出聲，氣得直跳腳。

第三名證人向稻見微微頷首，接著站上證人席。

「證人，請說出妳的姓名、住址、年齡及職業。」

「石動恭子，北九州市小倉北區中島一丁目◯—◯。七十四歲，目前並無工作。」

「請念出宣誓書，並簽名蓋章。」

待恭子簽名蓋章完畢，御子柴走到她面前。稻見的目光如刀一般刺在背上，但御子柴不予理會。

「證人，容我問一個失禮的問題，妳是單身嗎？」

「對，我一個人住在剛剛報出的地址。」

「是否結過婚？」

「結過一次，但離婚很久了。」

「妳的前夫是哪一位？如果這個人在法庭上，請指出來。」

恭子纖細的手指緩緩畫出一道弧線，指向被告席上的稻見。

「那個像孩子一樣癟著嘴的老頭，就是我的前夫。」

稻見尷尬地瞪恭子一眼。

「哎呀，律師先生，坐在那裡的被告居然瞪我。」

「請不要理他，專心作證就行。」

幾名裁判員發出細微的笑聲。這是好現象，足以證明稻見的形象已提升。

「你們還是夫妻時，被告是怎樣的人？」

「滿腦子只有工作，性格頑固，從來不說一句玩笑話。」

「還有嗎？」

「很糟糕的丈夫，不把家庭當一回事，所以我才會和他離婚。」
這次輪到旁聽席發出窸窣笑聲。
檢察官矢野按捺不住，起身喊一句「抗議」。此時，他已無法維持撲克臉，御子柴忽快忽慢的巧妙攻勢，令他窮於應付。
「審判長，辯護人提出的問題與本案毫無關聯，只是在拖延審理的進度。」
「不，我提出的問題，可以證明被告為何說出虛假的證詞，甚至要求同伴保守祕密。這也是檢察官急著想確認的真相，不是嗎？」
御子柴立即反駁。己方氣勢正旺，絕不能稍有停滯。
面對御子柴地反問，矢野癟著嘴不知該如何回答。
遠山或許是想不出抗議成立的理由，也或許是對御子柴的提問感興趣，反倒催促御子柴繼續進行。
「證人，妳與被告是否有孩子？」
「有個叫武士的兒子，但武士結婚不久就去世了。」
「武士為什麼去世？」
「住口！」
稻見突然大喊。若非半身不遂，他可能會氣得站起來。

「恭子，不准妳再說下去……」

「被告請保持肅靜。再搗亂法庭秩序，我會把你逐出法庭。」

「證人，請繼續回答。武士是怎麼過世的？」

「大約十年前，他在東京都內的車站月臺，被進站的電車撞死。當時，武士看見一個老人沒站穩跌下月臺，他想救人……」

「妳兒子不幸喪生，老人則撿回一命，是嗎？」

「對。」

「證人，妳見過那個老人嗎？」

「見過，他曾來參加武士的喪禮，還說很多感謝的話。」

「被告當時也在喪禮會場嗎？」

「那時我已和他離婚，但他也在會場。畢竟他只是與我斷絕關係，武士依然是他的兒子。」

御子柴再度操作遙控器，大型螢幕上出現一張照片。

「證人，妳認識這個人嗎？」

「認識，他就是武士當年救的老人，後藤清次先生。」

法庭內頓時掀起一陣無聲的騷動。

遠山和其他法官、裁判員、矢野檢察官，皆啞口無言地望著證人。

「審判長，如同你聽見的，這裡有一份當時新聞報導的影本。二〇〇四年十月一日，石動武士遭電車撞死。二〇〇五年一月十日，後藤清次入住『伯樂園』。二〇〇八年四月二十五日，被告稻見武雄入住『伯樂園』。被告在武士的喪禮上與後藤清次見過一面，三年半後，兩人在『伯樂園』重逢。至於這是偶然還是刻意安排，就不得而知了。」

御子柴故意說得曖昧不清，但任何人都猜得出，稻見一定相當在意後藤的下落。得知後藤入住「伯樂園」，稻見打消在家療養的念頭，跟著入住「伯樂園」。而持續關切稻見動向的御子柴，則立刻寄一筆入院費用到「伯樂園」。

「在被告眼中，後藤的命是兒子犧牲自己換來的，就如同兒子留下的遺產。被告看見後藤時，心裡有什麼感受，唯有被告才知道。但基於一份同理心，我能體會他的心情。」

俗話說「知人知面不知心」，曾被稱為惡魔的御子柴十分認同。他刻意加上這段話，只是為了替後續的論述鋪陳。

「然而，在被害人栃野出現暴力行為後，兩人的生活環境產生巨大的變化。栃野每天凌虐後藤，被告則不斷設法保護後藤。案發當天，後藤又因一點小疏失，遭栃野暴力相向。栃野或許是打上癮，竟失去理智，開始使用護身棒。」

御子柴從公事包取出一張紙，解釋道：

「審判長，這是後藤的診斷報告書，我將作為辯十四號證。根據這份診斷書，可知後藤患有嚴重的骨質疏鬆症。剛剛證人久仁村提過，護身棒的材質非常堅硬。以這種武器持續毆打罹患骨質疏鬆症的老人，勢必會造成極大的傷害。被告拿起足以對抗護身棒的武器攻擊栃野，也是逼不得已。兒子保護過後藤的性命，如今這個責任落在他身上。以上就是被告攻擊被害人的來龍去脈，及真正的動機。」

御子柴流暢地說完，法庭恢復寧靜，旁聽席上連咳嗽聲也沒有。

照理，此時應該由檢察官進行反方詢問，但遠山一臉納悶，忍不住問：

「辯護人，從你剛剛的論述，我已理解被告、被害人與後藤的關係，但這足以成為被告無罪的證據嗎？」

「辯護人認為，被告的行為實屬逼不得已，適用『緊急避難』條文，理當無罪。」

御子柴話一出口，靜謐的法庭又是一陣譁然，連矢野也驚訝得差點站起。恭子有些摸不著頭緒，忍不住左右張望。

「各位應該都很清楚，日本的法庭極少以『緊急避難』為辯論的焦點，因為符合『緊急避難』成立要件的例子非常稀少。」

遠山等三名法官及矢野檢察官的表情毫無變化，當然是因為他們十分清楚這一點。「緊急避難」的成立要件大致可分為兩點，第一點為補充性要件，即該行為屬於逼不得已，此外沒有其他方法可迴避危難。

至於第二點，則是其造成的危難，不得超過其所欲避免之危難，亦即迴避危難獲得的利益，必須大於遭侵犯的利益，稱為法益均衡要件。「緊急避難」與「正當防衛」有相似之處，兩者最大的差別，就在於法益均衡要件的有無。

「在本案中，罹患骨質疏鬆症的老人受到暴徒持武器毆打，為了迴避老人遭殺害的危難，被告逼不得已，加害於暴徒。『伯樂園』內的虐待已淪為常態，被告無法向其他職員求助，除了憑藉武力之外，沒有任何方法阻止栃野的行為。既然對手拿著護身棒，被告當然也得使用武器才能阻止。在這種狀況下，可視為補充性要件及法益均衡要件皆成立，以上就是辯護人主張『緊急避難』的理由。」

「抗議！」

「檢察官，請說。」

「首先是剛剛辯護人提到的補充性要件……其他看護師或許也對虐待入住者的行徑習以為常，這點從辯護人提出的監視器影像可合理推測，我並未抱持疑問。但當時能夠求助的對象，並非只有看護師。既然同組成員圍著同一張桌子吃飯，只要有數人上前阻擋，應該能制止被害人繼續使用暴力。因此，我認為補充性要件難以成立。」

御子柴立刻反擊：

「我曾近距離目睹入住者身上遭虐待的傷痕，並拍下照片。我可以提出這些照片作為新的證物，重點在於，幾乎所有入住者都遭受過虐待。這些人長期困在封閉的安養院裡，早與看護師建立支配者與服從者的關係。就算隔壁的同伴正在受虐，也很難鼓起勇氣上前救助。被告願意採取行動，是因為他的情況比較特殊。」

「第二點的法益均衡要件，我也認為難以成立。這個要件的成立，必須證明被告不加害於被害人，遭虐待的後藤就會重傷不治。畢竟被害人已死，你要怎麼證明被告當時不伸出援手，後藤一定會死？即使辯護人堅持主張『緊急避難』原則，這案子仍有避難過當之嫌。」

「這只是客觀性的問題。被害人以堅硬的棒狀物不斷毆打患有骨質疏鬆症的老人，在半身不遂的被告眼裡，危險性絕對無法漠視。更何況，我剛剛已證實，遭虐待的後藤，是被告無論如何都必須保護的對象。還有，請不要忘記，有一件判例十分適合拿來與本案對照，就是被害人栃野守主張『緊急避難』原則，獲判無罪的案子。」

聽到御子柴最後一句話，爭辯中的矢野錯愕地微微張口。

「當年那件案子裡，檢方主張栃野攻擊婦女、搶奪救生衣的行為，屬於避難過當；但法院的結論是，使用暴力搶奪救生衣的程度，難以明確斷定為避難過當。反觀這次的案子，以護身棒毆打患骨質疏鬆症的老人，可說是一種嚴重威脅生命安全的行為。被告為了阻止，持武器加以攻擊，同樣難以明確認定為避難過當。不僅如此，栃野守的『緊急避難』是為了保護自己的性命，相較之下，本案的被告想保護的卻是自己以外的第三者。光從這一點，便可看出比起正當防衛，本案在要件上更符合『緊急避難』的情況。」

另外，雖然還有一點相當重要，但御子柴刻意不加著墨。在這件案子裡，迴避危難獲得的利益，與遭侵犯的利益，都是一條人命。在人命沒有貴賤輕重之分的大前提下，當然也算符合法益均衡的要件。最重要的是，兩種『緊急避難』給人的印象完全不同。一邊是為了保命搶奪婦女的救生衣，一邊是為了保護孱弱老者挺身對抗暴徒。這樣的差異，對熟悉法律知識的三名法官或許不具太大意義，但要影響六名不懂法律的裁判員心中的判斷，可說是綽綽有餘。

矢野繼續站在座位前提出反駁。此刻，他不再是面無表情的檢察官，無論如何都要否定「緊急避難」成立要件的固執心態，在臉上表露無遺。

「直接拿十年前的一件判例當比較對象，實在過於草率。何況，辯護人舉出的判例雖然已定讞，實際上只是一審的判決。當初若上訴至二審，判決結果或許會有所不同。」

「檢察官，照你這麼說，當年檢方為何沒上訴？」

「那起案子中，只有一項證據能證明栃野的暴行，其他證據都沉入海底。以證據的數量而言，與本案不可相提並論。」

「證據的數量不能代表一切。當年的判決綱要記載一些參考意見，例如，有人主張被害人遭受攻擊後又被奪走救生衣，絕不可能在海難中存活，這是實際動手前便可預測的結果。當年的法官考量種種意見後作出判決，絕非僅因證據太少就判被告無罪。尤其在這次的案子裡，犯案的前因後果和實際狀況才是探討的重點。」
見兩人吵得不可開交，遠山審判長打斷爭執，出聲道：
「檢察官，你是否進行反方詢問？」
矢野一聽，頓時愣住。他很清楚，此時只能反駁御子柴的論點，向證人恭子提出任何詢問都對檢方沒好處。
畢竟稻見夫妻離婚已久，就算設法引恭子說出貶低被告人格的證詞，不論從時間或距離來看，都難以令人信服。
於是，矢野搖搖頭，回答：
「放棄反方詢問。」
「證人可以退庭了。」
由於檢察官放棄反方詢問，辯方的論證至此算告一段落。至少到目前為止，辯方應該在法官心中獲得壓倒性的優勢。
御子柴瞥一眼六名裁判員的臉色，更確定自己的判斷沒錯。那六人看稻見的眼神已截然不同。第一次開庭時，他們只當稻見是平凡無奇的犯罪者，此時卻視稻見為英雄。有罪或無罪的判決是採表決的方式，一旦裁判員心證已成，單靠專業的法律術語很難撼動他們的想法。況且，關於「緊急避難」成立要件的部分，由於過去的判例太少，無法採行判例主義。「伯樂園」內習以為常的虐待惡行、石動武士拯救後藤的英勇事蹟、被害人栃野從前的經歷……這些環節都足以令裁判員難以作出有罪的判決。

當然，檢察官可以主張避難過當，強調只能獲得減刑。但剛剛在辯論中，御子柴已提出反駁，檢察官要繼續堅持，勢必得作出更多解釋。然而，解釋得愈複雜，愈無法獲得裁判員的認同。那些裁判員追求的不是艱澀難懂的法理解釋，而是淺顯易懂的「正義」。

檢方的論點可說全遭御子柴駁倒。接下來，只要不出亂子，下次開庭很可能就會進行最終辯論。到時，再次強調稻見的清廉與栃野的邪惡，這場官司應該是贏定了……

御子柴如此盤算之際，在被告席上不發一語的稻見忽然舉手：

「審判長，我想說句話。」

——教官，你又想做什麼？

御子柴忍不住想大喊。

「被告，今天你不必發言。有什麼想說的話，請留到最終陳述。」

遠山委婉拒絕。矢野沒放過這個機會，趕緊開口：

「審判長，若是以檢方詢問被告的名義，能允許他發言嗎？」

「好吧。」

見審判再度節外生枝，御子柴大感焦躁。他從未遇過這種宛如未爆彈的委託人，只能盡量不讓情緒顯露在臉上。
轉瞬之間，矢野已恢復沉著，板起一貫的撲克臉，向稻見問道：
「被告，剛剛那名證人的話，有沒有哪一點讓你覺得無法接受？」
「關於久仁村的證詞，我想補充一句。」
「請說。」
「栃野會以『我殺過人』恐嚇『伯樂園』的入住者，這點並沒有錯，但內容不夠完整，栃野的話還有下半截。」
「哦，下半截是什麼？」
「『我搶走那女人的救生衣，對她拳打腳踢，讓她沒辦法反抗。早在沉船前，她就被我打死了』。威脅後藤時，栃野說得沾沾自喜，所以看著他拿護身棒毆打後藤，我真的打算殺了他。」
「你承認抱持殺意？」
——住口，別說！
御子柴再度無聲大喊。
「對，我承認。」
矢野一聽，露出心滿意足的微笑。

「我的詢問到此為止。」

分別向御子柴和矢野以眼神示意後，遠山對平沼法官和春日野法官微微頷首，說道：

「既然檢方和辯方的詢問都已結束，下次開庭將進行最終辯論，時間訂在四月十六日，閉庭。」

遠山等人一消失在門後，御子柴立即氣勢洶洶地走向稻見。

「教官，你又扯我後腿。」

這是稻見第二次攪局。御子柴雖不至於暴跳如雷，但多少想抱怨幾句。平常，不論面對任何狀況御子柴都能處變不驚，這次的委託人卻令他的心情起伏不定。

坐在輪椅上的稻見歉疚地笑道：

「連我那些不良於行的院內同伴和離婚的老婆，都被你找來當證人……看來，你真的是為達目的，遭委託人怨恨也在所不惜。」

「律師的工作就是這麼一回事。」

「我知道你付出這麼多心血，都是為了我。」

「既然知道，你就該與我合作。」

「我當然會和你合作，但錯誤已鑄下，我不能逃避責任。」

「世上逃避責任的人多得數不清。」

「我不想當其中之一。」

「稻見，該走了。」

法警硬生生打斷兩人的談話。

御子柴目送稻見的背影離開法庭，反芻著今天的戰果。稻見的胡鬧舉動令他窮於應付，主動承認殺意確實造成負面影響。但如今辯論的焦點已轉移到「緊急避難」上，只要「緊急避難」的要件能成立，殺意的有無就不會是太大的問題。栃野當時以護身棒攻擊後藤，稻見原本只是想幫助後藤，但在動手的瞬間，心中對栃野產生殺意……這麼解釋就行。

最終辯論時，該防堵什麼、補強什麼？御子柴思考著辯護策略，一邊將桌上的資料和文件收進公事包。這一瞬間，御子柴的腦海閃過一道光芒。

同樣的現象，以往發生過數次。

像是一種警訊，警告他疏忽某個極度重要、絕不能遺漏的環節。

剛剛的辯論過程中，他似乎聽見非常重要的訊息。這個訊息代表的意義，足以影響這場審判的情勢。

可是，御子柴反覆思索，實在想不出所以然。

第四章

辯護人的苦惱

1

第二次開庭的隔天，御子柴又跑一趟埼玉看守所。

在會客室等待約五分鐘，穿襯衫的稻見便來到他面前。明明成為階下囚，卻仍一副滿不在乎的神情。這陣子，御子柴每次與稻見會面，心頭就不由得燃起一股怒火。

「你也真是辛苦，昨天才見過面，今天又見到了。」

「比起為不合作的委託人辯護，這一點勞動根本不算什麼。」

「昨天實在很抱歉。」稻見在透明壓克力隔板的另一頭，老實低頭鞠躬。「你為我做了這麼多，我卻老是搗蛋。」

「你只是口頭上道歉，但不打算放棄自己的信念，對吧？」

「可以這麼說。」

「對律師而言，你真是最糟糕的委託人。」

「打從當年擔任你們的教官，我的信念就沒改變過，以後也不打算改變。」

在醫療少年院時，御子柴就非常清楚稻見教官的為人。此時聽稻見這麼說，御子柴心裡萬般無奈，卻沒辦法反駁。當年的院生同伴讓御子柴學會善加利用謊言，當年的稻見教官則讓御子柴學會為自己的行動負責。若不是進了醫療少年院，御子柴根本不會萌生當律師的念頭。

「對了，今天找我有何貴幹？還有兩星期才進行最終辯論，現在討論會不會太早？難道……你是為昨天的事，特地來發牢騷？」

「有件事，我在法庭上忘了問你。」

「什麼事？」

「你是怎麼查出後藤清次的下落？」

稻見癟起嘴，應道：

「一來就問這個，真是不留情面。」

「你挑中『伯樂園』當養老的居所，絕非偶然。『伯樂園』的月費相當高，以你的積蓄根本難以負擔。你不是個會在日常生活上打腫臉充胖子的人，進『伯樂園』只有一個理由，就是後藤清次在裡頭。」

當上律師後，御子柴十分關心稻見的一舉一動。因此，得知稻見進入公立安養院時，御子柴會納悶稻見為何選擇「伯樂園」。

稻見一臉苦澀地搔搔腦袋，回答：

「沒錯，御子柴律師。恭子願意大老遠來到埼玉，一定把所有的事都告訴了你吧？既然如此，你應該知道，我是個對家人非常無情的父親。」

御子柴含糊應一聲，沒明確答覆。恭子對稻見雖有諸多抱怨，但父親因工作疏忽家庭並不稀奇。更何況，御子柴與家人也處於完全決裂的狀態，根本沒有高談闊論的經驗與資格。

「我是個不相信兒子清白的混蛋父親。聽到他意外身亡的消息時，我受到很大的打擊。喪禮會場上，有人告訴我『那個人就是你兒子救的後藤』，但我根本不敢走過去，只是站在遠處偷看。」

「你沒向後藤說出自己的身分？」

「雖然參加了喪禮，但我怎麼有臉自稱死者的父親？」

「那麼，進入『伯樂園』後也……」

「是啊，他根本不曉得我是誰。況且，他有一點失智症，就算我曾對他自我介紹，他恐怕也不記得。」

「枥野虐待後藤時，總是你在設法保護他，他真的沒察覺你的身分嗎？」

「兒子長得比較像媽媽，加上後藤每天活得那麼痛苦，恐怕沒心思管我是誰。當然，對我反倒是好事。」

「為什麼？」

「還需要問嗎？我怎麼好意思告訴他，我放心不下兒子捨命相救的人？」

稻見瞪御子柴一眼，接著道：

「你在法庭上說過，後藤就像是我兒子的遺產，真是貼切的形容。如果武士有兒子，當然情況會有所不同，但武士還沒生下兒子就死了。後藤的命是他犧牲自己換來的，我怎能棄之不顧？」

「你曾告訴其他入住者這件事嗎？」

「沒有。剛剛就提過，這麼丟臉的事，我怎麼說得出口？」

御子柴看著稻見鬧起脾氣，內心不由得隱隱作痛。

昨天在法庭上，稻見主動坦白對栃野抱持著明確的殺意。當時，御子柴除了氣稻見扯後腿之外，其實還帶著三分嫉妒。

「即使你曾在法務省工作，退休後怎麼可能長期掌握一般民眾的動向？你如何得知後藤清次住進『伯樂園』？難道是暗中向他的親戚打探消息？」

「那是一場偶然。」

「偶然？」

「恰逢看護業界蓬勃發展的時期，大家都認為在少子高齡化的日本社會，看護市場具有發展的潛力。『伯樂園』祭出宣傳的新噱頭，說什麼他們的配膳餐點都是由前飯店大廚製作，吸引不少媒體記者前往採訪。電視上一天到晚出現『伯樂園』的入住者，津津有味吃著大廚烹煮的美味餐點的畫面。可惜，三年後『伯樂園』就為了節省經費，取消豪華餐點的服務。」

「當時出現在電視上的入住者，就是後藤？」

「沒錯，那是全國性的節目。我靠著那節目掌握後藤的行蹤，事情就是這麼簡單。」

「只是看了電視節目，就決定要住進和後藤相同的安養院，真正簡單的是你的腦袋。」

「腦袋簡單點，生活會愜意得多。」

「或許吧……」

稻見皺起眉，似乎有些後悔說出這句話。

「御子柴，要是你覺得不耐煩，隨時可以結束辯護工作。」

「你在開玩笑嗎？這是我費好一番心力才從前任律師手中奪來的案子。」

「可是，你是我的辯護人，我卻瞞著後藤的事沒告訴你。」

「以後請別這樣。」

「律師沒辦法和委託人建立信賴關係，一般情況下，不是會解除委託嗎？」

「目前為止，我不曾真正信賴委託人，背叛和欺瞞都是家常便飯。」

留下這句話，御子柴站起。該問的話問完了，繼續待在這裡沒有任何意義。

「你可別給人家添麻煩。」稻見叮囑。

御子柴佯裝沒聽見，步出會客室。

兩天後的下午，御子柴在JR多治見站下了電車。這一站從名古屋站轉中央本線還得搭四十分鐘，算是名古屋的衛星都市。

明明才四月，踏上月臺的瞬間，卻感到一股熱浪襲來。這一帶是標高較低的盆地，都市內形成的熱氣無法散去，氣溫容易偏高。御子柴忍不住鬆開領帶，讓脖頸透透氣。

車站正前方有一棟名為「陶都會館」的建築物，彷彿在宣揚此地為陶瓷之街。御子柴對陶瓷和骨董並不特別關心，卻也知道這裡是「美濃燒」的大本營。

通過陶都會館的前方，又步行一段路，便看見目的地。

這裡是「藍海號」海難中，遭栃野害死的日浦佳織的家。首先映入眼簾的是掛著「日浦陶苑」招牌的工坊，旁邊的建築物應該就是工坊主人的住家。由於這個時間工坊主人待在住家內的可能性不大，御子柴決定直接到工坊拜訪。

一踏進門內，只見數名綁著頭巾的陶瓷工匠忙碌走動。御子柴將來意告訴其中一名工匠，對方便領著御子柴進入工坊深處的窯室。御子柴對陶藝完全是門外漢，原以為窯室應該是以紅磚砌成，眼前的空間卻有著混凝土牆面，而且並未上漆，看起來蕭瑟寒酸。不過，畢竟是窯室，瀰漫著熱氣，即使站著不動也會大汗淋漓。窯的形狀為方形，在門外漢眼裡，跟垃圾焚化爐沒兩樣。

窯前站著一個五十多歲的男人。他雙頰瘦削，一臉剽悍之色，自襯衫袖口露出的胳臂肌肉高高隆起。男人睨視御子柴一眼，雙眸散發懾人的精光。

「你就是打過電話的那位律師？」

「敝姓御子柴，你是日浦頌榮先生嗎？」

「遠道而來辛苦了。不好意思，我現在分不開身。」

「沒關係，就在這裡談吧。」

「不，這種事不能一邊工作一邊談。再十五分鐘就能結束，你先到家裡等吧。」

御子柴依日浦的指示離開工坊，進入主屋等候。日浦相當守時，在十五分鐘後來到御子柴面前，還拿著放有兩杯茶的托盤。

「抱歉，讓你久等。」

「真是別緻的茶杯。」

「這叫織部燒，是我工坊出品的。」

御子柴將茶杯舉到眼前仔細欣賞。雖然形狀扭曲，卻散發一股凝重感。

「這歪七扭八的形狀是織部燒的特色，可不是我們技術差。」

「很棒的茶杯。有些歪歪斜斜，反倒更添韻味。」

說到這裡，御子柴心中浮現一個疑問。為何端茶來的是日浦本人，而不是他的妻子？

「夫人不在家？」

「我老婆去世很久了。」

「抱歉，恕我失言。」

「原本她就患有子宮頸癌，枥野獲判無罪後，她的病情突然惡化，兩年後就走了。」

「無罪判決加速她的死亡？」

「大概奪走了她求生的意志吧。」日浦空虛的雙眸凝視著遠方，「佳織是我們的獨生女，跟我老婆感情非常好，簡直像姊妹一樣。船難發生後，我老婆目睹枥野毆打佳織搶奪救生衣的影像，顧不得旁人的眼光，難過得又哭又叫。後來，警察逮捕那個混蛋，我們本來期待他能受到制裁……沒想到竟無罪釋放。我老婆大受打擊，整天不是趴在地上哭哭啼啼，就是大聲咒罵枥野那混帳，及處理那件案子的律師和法官。」

日浦的視線移回御子柴身上，問道：

「你今天來找我，是想問有關那傢伙的事？」

「你知道枥野守被殺了嗎？」

「知道，這裡的新聞也報了。上次看到那張臉，已是十年前。」

「在這之前，你完全不知道他的任何消息？」

「律師先生，你應該很清楚，不論是警察或法院，都不會告訴受害者相關資訊。除了那傢伙的長相和名字之外，我們什麼也不知道。當年開庭時，我和老婆甚至沒辦法坐在旁聽席。」

刑事訴訟案中的受害者參加制度，於平成二十年十二月一日才生效，而「藍海號」傷害致死案卻是發生在平成十五年。當時，受害者家屬沒辦法出庭旁聽，或對被告提出任何問題。

「看到新聞時，我著實嚇一跳。」

「他被殺害，你很驚訝？」

「不，我驚訝的是，那傢伙居然還在當看護師。我實在不敢相信，他竟能做這種照顧老人或傷患的工作。」

「你不認為他會悔過向善嗎？」

「如果他悔過向善，好歹會寄封信或露個臉，但他從來沒做過這種事。律師先生，你不覺得不公平嗎？他知道我們的聯絡方式，我們卻不知道他的聯絡方式，就算想見他，也只能等他主動找上門。」

日浦啜一口茶，似乎想把滿腹牢騷嚥回肚子裡。

「何況，如果他是個認真負責的看護師，怎會被自己照顧的老人殺死？他一定是又幹了什麼招人怨恨的事。」

「至少從相關人士的證詞聽來，他不是個受歡迎的人物。」

「哼，難怪會被殺。但我聽到他遇害的消息，一點都不開心，反倒有些懊惱。」

「懊惱？」

「沒能親手結束他的生命，實在不甘心。」
御子柴恍然大悟。
「律師先生，你有孩子嗎？」
「我未婚。」
「不過，你應該能想像孩子被殺的心情吧？」
「我是能想像，但也只能想像。而且，我擁有的東西，沒有一樣會在失去時令我感到絕望。」
「對一個母親來說，孩子就像是自己的一部分。所以，佳織失蹤不久後，我老婆就衰弱而死。而我身為父親，情況也沒好到哪裡去。雖然和母親的感受方式有些不同，但我聽到發生船難、佳織下落不明時，擔心得腦袋一片空白。後來，得知佳織被枥野殺害，我的腦袋又變成一團漆黑。儘管不到我老婆的程度，我的身心恐怕也生了重病。」
日浦的頭愈垂愈低。
「我能得到佳織這孩子，實在是天大的福氣。我一年到頭都在摸轆轤和陶土，手掌變得非常粗糙。不過，我畢竟是男人，並不在意這種小事。佳織真的十分體貼，竟為我買了護手膏，還說喜歡我的手掌……佳織愛好旅行，那次也是獨自到韓國旅行回來，我為此和老婆大吵許多次。早知如此，當初就該禁止她一個人到處旅行。」

「但社會上的輿論，似乎挺能接受枥野的無罪判決。」

「是啊，當時我恨透這個社會。那陣子，我家接到不少抗議的電話和信件，要我們別裝出受害者的嘴臉，還有人說搞不好是佳織想搶奪枥野的救生衣……為什麼連去世的佳織也得受到批評？想到這一點，我就氣得全身發抖。可是，寫這種信的人不會留下姓名或聯絡方式，連反駁都沒辦法。」

「一審判決無罪後，你沒想過要找出枥野？」

「當然有。」日浦的話聲充滿無奈。「聽說開庭時的人別訊問必須報上住址，我向一個記者求了老半天，終於問出枥野住在蕨市。我只是想跟他見上一面，說兩句話而已。如果可以，我想聽他親口道歉。不料，依照那個住址去找，才發現他早就搬家。我不甘心放棄，又向負責這件案子的檢察官懇求，但檢察官不肯鬆口，說什麼按規定不能洩漏被告的個人資料。為何全國的人都曉得佳織的長相和住址，還能對她恣意批評，凶手卻能躲藏起來？我無計可施，只得放棄尋找枥野。我不斷告訴自己，那傢伙雖然獲判無罪，畢竟殺了人，不可能再抬頭挺胸過日子，一定是偷偷摸摸生活。萬萬沒想到，他竟還在當看護師。」

「他的看護師執照，似乎是在那件案子發生前就取得。」

「前科不會影響執照的更新？」

「因為他獲判無罪。不過，如同我剛剛說的，他在安養院裡簡直是個惡魔，每天虐待行動不便的老人。」
日浦的眼神再度充滿悔恨。
「對毫無抵抗能力的老人下毒手？」
「沒錯。」
「那個畜生受到審判後，依然死性不改。」
「有些人會變，有些人永遠不會。」
「為什麼會有這樣的差異？」
「我也不知道。」御子柴聳聳肩，「不過，現代的審判是以讓犯人改過向善為最大目的。判決文裡一定會提及更生的可能性，就是最佳的證據。」
「為什麼日本的法律和社會，總是對加害者寬容，卻對受害者格外嚴苛？」
御子柴暗想，最大的原因恐怕就在於缺乏想像力。
沒人會認真擔心，有一天自己可能變成當事人。沒人願意想像，有一天自己也會遭到命運捉弄。因此，不管發生什麼事，每個人都待在安全地帶內下判斷。
「律師先生，你要為殺害栃野的老人辯護？」
「對，我要為他爭取無罪判決。」
「太好了。栃野那種人本來就該死，殺他只是替天行道，不應該被判刑。律師先生，你今天來我這裡，是想尋找能讓他獲判無罪的證據？」

「沒錯。」

「殺死栃野的，是怎樣的人？」

御子柴一頓，不知該怎麼回答，半晌後才說道：

「他有著典型的昭和年代性格，什麼事都講求黑白分明。而且個性頑固，不斷強調只要犯了錯，不論有任何理由都該受到懲罰。」

「呵呵……應該跟我合得來。」日浦的語氣帶著三分欽佩。

「他可是個愛惹麻煩的委託人。全世界只有委任律師願意幫他，他卻完全不聽律師的吩咐。」

「正因他是這種人，才會動手除掉栃野。我相信他不是為了自己，而是為了別人。」

御子柴愣愣看著日浦。

只不過是聽他轉述稻見的性格，日浦就猜中他東奔西走才查出的真相。

「律師先生，你怎麼了？」

「沒什麼……只是在感歎自己的見識太淺薄。」

「見識？打官司需要那種東西嗎？負責栃野那案子的檢察官跟我說過，法庭上只需要一種東西，就是證據。」

「犯罪方面的見識，有時還是必要的。」

尤其是像自己這種缺德律師……御子柴在心裡補充。

「對了，律師先生，你特地到這種鄉下地方，是想尋找什麼？」

「我想找憎恨栃野的人物。換句話說，就是跟你們夫妻一樣愛著佳織的人。」

「佳織是個人見人愛的女孩。或許有些人不喜歡她，至少我一個也不認識。每個喜歡佳織的人，當然都恨著栃野。」

「除了你們夫妻之外，佳織有其他親戚嗎？」

「佳織的爺爺和奶奶，也就是我的父母，在佳織讀國中時相繼去世。至於我老婆那邊……記得佳織的外公差不多在同一時期因腦溢血病逝，剩下的我就不清楚了。自從佳織去世，我便很少跟老婆那邊的親戚來往。」

「除了親戚之外，有沒有什麼人和佳織的關係特別親近？例如，要好的朋友，或未婚夫。」

「未婚夫……」日浦忽然露出寂寞的微笑。「如果她還活著，今年也三十歲了，大概早就結婚生子。可惜……」

「日浦先生。」

「啊，抱歉。計算過世孩子的年紀是最窩囊的行為，讓你見笑了。律師先生，你等等，我去拿以前的相簿。」

「相簿？」

「我就像全天下的父親一樣，根本不曉得女兒跟誰比較要好。與其依賴我那不可靠的記憶，不如直接拿佳織的相簿給你看。」

日浦留下這句話，獨自走進後頭的房間。御子柴沒料到對方會提供相簿，於是乖乖坐著等候。

御子柴拿起眼前的茶杯。杯裡的茶早已涼透。

茶杯的扭曲形狀配上黑色的釉料，散發一股難以言喻的存在感。歪歪斜斜反倒更添韻味……剛剛這句話說得真貼切。人不也是這樣？凡是有韌性、難以撼動的人，精神上大多有著微妙的扭曲變形。緊弦易斷、美玉易碎，這是世間的常理。

半晌後，日浦走回來，腋下夾著數本相簿。

「以前每個家庭至少都有五、六本像這樣的相簿，近幾年大家都使用數位相機，愈來愈少見了。」

日浦將七本相簿堆在御子柴面前。

「律師先生，你慢慢看。我還有事要忙，先回工坊。」

日浦離去後，御子柴翻開最上頭的相簿。雖然從這些相簿中找到新線索的可能性微乎其微，總好過什麼都不做。

世上最無趣的行為，莫過於看他人的相簿。照片裡的人物笑得再天真也難以感同身受，何況，家族團聚的照片只會觸動御子柴心中的痛處。

仔細想想，自從離開醫療少年院，他就沒拍過任何私人照片。唯一能想到的，只有貼在身分證明文件上的大頭照，但以狹義的觀點來看，那根本不算照片。當然，還有一些是因負責辯護的案子，遭記者拍下的照片，那種照片的意義又跟一般照片難以相提並論。

或許是根本沒人願意和我一起拍照吧……御子柴滿不在乎地下了這樣的結論。

這時，一張照片吸引他的目光。

照片裡的場景似乎是佳織的慶生會，一群親戚同聚一堂。

終於找到了。

這就是第二次開庭結束後，掠過御子柴腦海的那道閃電，那團不具形體的靈感，那片不知該嵌於何處的拼圖碎片。

一切的答案就在這張照片中。

2

四月十六日，第三次開庭，最終辯論日。

埼玉地方法院前，早已被新聞記者及想入席旁聽的好事民眾，擠得水洩不通。御子柴自遠處瞥人群一眼，開著車子進入西側停車場。除了報紙的社會版記者之外，似乎還來了幾個御子柴認識的司法記者。

跟第二次開庭時相比，新聞媒體對這起案子的關心程度顯然提高不少。原因當然就在於御子柴提出的辯護主張。

御子柴一將「緊急避難」當成辯護的主軸，坐在旁聽席上的記者立刻一傳十、十傳百，隔天看護師命案頓時成為社會大眾注目的焦點。社會輿論關心這起案子的首要理由，便是日本司法界自「藍海號」傷害案後，不曾有任何一場審判以「緊急避難」為辯方的主要訴求。

第二個理由，這案子的受害者恰巧是「藍海號」傷害案中的被告。栃野當年搶奪救生衣的行為，被法官認為情有可原，如今他死在別人手裡，不少人心裡都浮現「因果報應」這句話。

第三個理由，則是「伯樂園」內習以為常的虐待惡行。原本隱藏在案件背後的公立安養院弊端曝光，相關單位立即分案調查，同樣吸引社會大眾的關注。

這三點徹底激發司法界與新聞媒體的好奇心。司法界人士感興趣的是，稻見的行為是否符合「緊急避難」的要件；一般民眾感興趣的，則是靠著「緊急避難」逃過法律制裁的栃野遭到殺害，凶手的辯護律師竟同樣搬出「緊急避難」當成無罪的依據。

最後一個吸引社會大眾關心的理由，在於人們都好奇當年的「屍體郵差」御子柴禮司是否真的神通廣大，能讓一個坦承殺意的凶手獲判無罪。雖然還沒有任何一篇報導提及御子柴與稻見的關係，但光是有前科的律師如何在法庭上反敗為勝，便足以成為世人茶餘飯後的閒聊話題。

開庭時間為下午一點。御子柴靜靜坐在律師休息室裡，等候決戰時刻到來。

每逢最終辯論的開庭日，御子柴多少都會有點緊張。就算是以為勝券在握的案子，也可能因最終陳述出差錯，功敗垂成。正因御子柴有多次顛覆判決的經驗，更明白絕不能掉以輕心。況且，即使真的敗訴，御子柴會努力切換心情，避免沉溺在負面的情緒中。勝敗乃兵家常事，律師當久了自然有輸有贏。

然而，唯獨今天，御子柴實在灑脫不起來。這場審判的結果，將決定稻見的命運。無論如何不能敗北。倘若敗訴，御子柴不會原諒自己。

該對最後的證人問哪些問題？最終陳述該怎麼收尾？

御子柴在心中反覆模擬演練，再三確認論證上沒有任何瑕疵，想法未顯露在臉上，而且一舉手一投足都流暢自然。

審視所有預先設想的重點後，御子柴看一眼時鐘。

還有五分鐘就一點了。

於是，御子柴走出休息室，朝著四〇三號法庭前進。

「法官入席，全體起立！」

書記官一聲令下，所有人站起。重新坐下時，御子柴察覺遠山審判長似乎瞥了他一眼。

「現在開庭審理平成二十五年（WA）字第一二五四號案。本次開庭預定進行最終辯論，檢方和辯方請各自做好準備。被告請上前。」

聽到遠山的指示，稻見操縱輪椅前進。今天是最終辯論的日子，身為被告的他卻比律師更沉著冷靜。

矢野依然擺出撲克臉，瞧也沒瞧御子柴一眼。他能表現得如此不帶感情，不知是心中暗藏詭計，還是自制力過人。

跟上次一樣，法官席的旁邊擺著一座大型螢幕。這是御子柴申請的設備，但御子柴並未告知使用時機。

以拳擊賽來比喻，現在就像最後一回合的鐘聲響起。御子柴旋即起身，說道：「審判長，辯方請求傳喚最後一名證人。」

「好。」

法庭大門開啟，走進一名老婦人。這名老婦人顫巍巍地拄著拐杖，緩緩走向證人席。稻見一看見老婦人，轉頭又瞪御子柴一眼。

「現在進行人別訊問，請說出姓名、居住地址、年齡及職業。」

「小笠原榮，居住地址是埼玉縣川口市南鳩谷九丁目三十五—四『伯樂園』內，八十六歲，無業。」

「請念出宣誓書，並簽名蓋章。」

小笠原持筆的手頗為孱弱，但沒停頓。待小笠原蓋完章，御子柴起身來到她面前，問道：

「證人，妳和被告是『伯樂園』的同伴，而且分配在同一組，是嗎？」

「是的。」

「妳記得案發當時的情況嗎？」

「我記得很清楚。當時有人要求在場所有人配合串供，令我印象深刻。」

「榮姊！」

稻見急得大喊，遠山審判長旋即出言制止。

「被告，有什麼話，等最終陳述再說，在那之前請勿發言。辯護人，請繼續。」

「證人，當時是誰要求串供？如果這個人在法庭上，請指出來。」

小笠原的纖指比向稻見。稻見氣急敗壞地瞪著那根手指。

御子柴讓小笠原站上證人席，指出稻見的串供圖謀，為的是強化上一次久仁村的證詞。只要兩名入住者的證詞一致，檢方更難以提出質疑。

除此之外，御子柴找小笠原當證人，其實另有目的。

「證人，請教一個問題。既然看護師習慣在日常生活中對你們施暴，為什麼你們沒反抗？」

「『伯樂園』內的氣氛微妙。該怎麼說……不管在哪裡，受照顧者若是大小便失禁，照顧者抱怨個一、兩句，甚至出手拍打都是常有的事。『伯樂園』的看護師對我們拳打腳踢，其實意思也差不多，只是下手較重。我們實在很難分辨，那到底是正常的看護行為，還是真正的暴力，何況……」

「何況什麼？」

「我們進入『伯樂園』，都是抱著在那裡終老的打算。大部分同伴都與孩子沒有往來，要是被趕走，將無處可去。我們像一群被蛇盯上的青蛙，只要還住在『伯樂園』，根本沒精力反抗看護師。況且，看護師不動粗時，仍對我們很好，讓我們搞不清那到底是惡意的暴力，還是善意的矯正。」

小笠原說得輕描淡寫，但這番描述足以令法庭陷入寂靜。在那樣的環境下，痛苦不再是痛苦，犯罪不再是犯罪，全成為日常生活的一部分。

「被害人枥野守最常虐待誰？」

「是後藤。他動作慢，吃東西總是撒滿地。枥野每天不是推他，就是打他。」

「後藤患有骨質疏鬆症，妳知道嗎？」

「包含我在內，全組的人都知道。」

「妳是否設想過，如果枥野繼續對後藤施暴，後藤可能會受重傷？」

「再這麼打下去，遲早會出亂子……我常有這種預感。」

「但妳只是袖手旁觀？」

「畢竟我是個弱女子……」

「因為妳是弱女子，打不過那些身材魁梧的看護師？」

「對。」

「既然如此，妳是否會向其他人求助？」

小笠原忽然沉默不語。

這裡是最重要的關鍵，御子柴不給她遲疑的機會，繼續追問：

「這樣下去遲早會出事，既然住在同一屋簷下，總不能見死不救。但身為弱女子，不敢正面反抗那些人……這種情況下，通常不是會向他人尋求協助嗎？妳是否會這麼做？」

「唔……」

「請回答我，妳是否曾向他人尋求協助？」

御子柴以高壓的姿態湊上前。黑道式的言詞恐嚇對小笠原無法發揮作用，這點御子柴相當清楚。這麼做並非想讓她害怕，而是逼她面對自身的正義感與仁慈之心。

不料，這個舉動引來矢野的阻撓。

「抗議！審判長，辯護人以恫嚇的口氣強逼證詞。」

「抗議成立。辯護人，請改變問話的方式。」

小笠原微微仰起頭，似乎為逃過御子柴的質問鬆一口氣。

上證人席時發過誓，一旦說出假話便犯了偽證罪，保持沉默卻不會受到任何處罰。從小笠原的態度看來，她想避免吐露關鍵性的證詞。

既然對方是這樣的心態，御子柴只好改變方法。

「好，我換個問題。證人，妳知道被害人栃野守，是發生於平成十五年的『藍海號』傷害案的被告嗎？」

「知道，栃野經常提起。」

「好，請妳看看這張剪報。」

御子柴操作電腦，在大型螢幕上秀出一張年代久遠的剪報。那是一則記載「藍海號」傷害案的報導，中段刊登一張女性臉部特寫照片，正是救生衣遭搶奪，在船難後下落不明的日浦佳織。

「接著，再請妳看看這張照片。」

出現在大型螢幕上的，是御子柴在日浦家發現的照片。

「在『藍海號』傷害案中，遭栃野搶奪救生衣的年輕女子名叫日浦佳織。這是我從日浦家借來的照片，佳織的父親告訴我，這是在佳織十八歲的慶生會上拍攝的，照片裡的人是佳織的母親及外公、外婆。」

他的話還沒說完，法庭內便傳出此起彼落的驚呼。包含遠山在內的眾法官及矢野檢察官，也錯愕地瞪著螢幕上的照片。

「照片裡這位外婆的名字，我也向佳織的父親確認過，她叫小笠原榮。證人，這就是妳，對吧？」

御子柴問得小笠原啞口無言，整個人宛如當場凍結。

「二〇〇八年四月二十日，妳搬進『伯樂園』，恰恰是被告入住的五天前。妳偶然挑中的公立安養院，湊巧是殺害外孫女的凶手上班的地點，是這樣嗎？」

這麼一逼問，小笠原抬起臉，緩緩望向御子柴。

「那不是偶然。」小笠原回答。

「哦，不是偶然？」

「我在電視上看到杤野。」

小笠原終於不再使用「先生」來稱呼杤野。

「那是傍晚的新聞節目，正在介紹一家公立安養院，特別挖角知名飯店的主廚來為入住者製作餐點。當時，丈夫和女兒都已逝世，我沒其他可投靠的親人，對公立安養院的主題格外關心。」

「妳在介紹『伯樂園』內部設施的影片中，發現杤野看護師，是嗎？」

「沒錯……」

小笠原的話聲變得有氣無力。

當時那個新聞節目的收視率有多高，御子柴手邊沒有任何資料能證明。但以關東地區而言，1％的收視率代表超過四十萬人收看，10％就是四百萬人。相距遙遠的稻見和小笠原偶然看到相同的節目，並不稀奇。

然而，節目相同，映入兩人眼底的畫面卻截然不同。稻見看到的是後藤，小笠原則是認出杤野。兩人各自懷著不同目的，進入「伯樂園」。一個是為了保護兒子犧牲自己換來的生命，另一個是為了向殺死外孫女的敵人報仇。

「證人，早在進入『伯樂園』前，妳就知道杤野是怎樣的人，對吧？」

「御子柴，別問了！」

稻見再度吶喊。遠山不悅地瞪他一眼，出聲告誡：

「被告，我警告過你很多次。再未經許可擅自發言，我只好將你逐出法庭。」

——沒錯，你閉上嘴，別隨便開口。

御子柴在心中說道。

只差一點就能突破證人的心防。無論如何，一定要讓她吐出所有對己方有利的證詞。

「明知栃野是個邪惡的人，當他在虐待後藤時，難道妳視而不見？不，我相信並非如此。妳知道被告稻見雖然半身不遂，但絕對不會屈服於栃野的淫威。妳一定曾懇求他保護後藤，對吧？妳是否認為，這也是讓被告決定採取『緊急避難』行動的原因之一？」

小笠原雙脣緊閉，一句話也不肯說。矢野按捺不住，起身抗議：

「審判長，辯護人試圖強迫證人接納他的臆測！」

「抗議成立，辯護人請改變問題。」

「好的，審判長。」

御子柴嘴上答應，卻暗中露出得意的笑容。

「換個問題。證人，妳是否曾請求被告保護後藤，防止後藤遭到栃野欺凌？」

小笠原看了看遠山審判長，又看了看稻見，最後以幾乎聽不見的微弱音量回答：

「我不記得了……」

——這樣就夠了。

小笠原不肯說出明確的答案，卻間接證實御子柴的推測極為接近真相。只要能在六名裁判員心中留下深刻的印象就行。小笠原有沒有親口承認曾懇求稻見幫忙，並不是那麼重要。重要的是，讓裁判員開始懷疑，小笠原為了替外孫女報仇，煽動稻見下毒手。

證實小笠原的殺意，並非這場審判的必要條件。御子柴唯一的目的，只是讓「緊急避難」的要件能夠成立。

「接著，請檢察官進行反方詢問。」

矢野起身的動作非常緩慢，彷彿在配合小笠原。

「證人，面對剛才辯護人的提問，妳回答『不記得』，這是相當值得讚賞的態度。如果受法庭氣氛影響，一時衝動說出不確定的答案，反倒會誤導審判的方向。」

矢野振振有詞，簡直像是要寫在宣誓書裡的追加注意事項。聽在御子柴耳裡，可說是極為諷刺。

「證人，再問妳一次。妳是否曾教唆被告，做出危及被害人的行徑？」

「從來不曾。」

小笠原答得信誓旦旦。在法庭上要釐清案情容易，但要證實當事人的想法是難上加難。正因難以印證，不管當事人怎麼說，旁人都不能隨意斷定為撒謊。

「具體而言，妳是否曾慫恿被告殺死被害人，或說出憎恨被害人之類的話？」

「我絕對沒說過那樣的話。」

「反方詢問結束。」

矢野不僅問得簡單明快，而且恰到好處。御子柴的字字句句都在激發裁判員的想像力，矢野卻是在提醒裁判員，只能採納有辦法證明的事實。御子柴好不容易放了一場火，卻遭矢野迅速撲滅。

遠山見主、反方都完成詢問，於是環顧法庭，說道：

「接下來，請檢方和辯方各自陳述最終意見。首先，請檢察官進行論告求刑。」

矢野豁然起身，舉止不像詢問小笠原時那般斯文謙和。他輕咳一聲，法庭頓時再也沒半點雜音。

「現在進行論告及求刑。檢方認為，被告稻見武雄是殺害看護師栃野的凶手，目前為止舉出種種證據，證明公訴內容無誤。」

矢野坦蕩直視壇上的眾法官，眼神中流露一股真誠。由於他向來是一副撲克臉，此時的表情更具有打動人心的效果。

——原來他板著臉全是為了這一刻。

御子柴對矢野有些刮目相看。其他的平庸檢察官在法庭上說話像是例行公事，相較之下，眼前這個檢察官恐怕未來將成為難纏的敵人。

「首先，我想強調一點，被告稻見以凶器殺死被害人栃野守的行為，絕非過失致死，而是毫無疑問的殺人罪。辯方主張被告使用凶器是為了保護同伴，亦即符合『緊急避難』的要件，但被告在訊問筆錄裡及法庭上，都公開表示對被害人抱持殺意。正因他有謀殺的意圖，才會特地到窗邊取來凶器。這一點完全符合《刑法》第一九九條的條文。」

御子柴發現的真相，反倒被檢方利用來補強論點。這種臨機應變的手法，實在值得學習。

「其次，我想對『緊急避難』的要件進行反證。上一次開庭的論述中提過，『緊急避難』要成立，必須同時符合補充性要件及法益均衡要件。但辯方在這兩個要件上的主張，實在太過牽強附會。首先是關於補充性要件，被告想阻止被害人繼續行使暴力，真的只有持凶器攻擊一途嗎？不，當然不是。他可以向在場其他入住者尋求協助，一起將被害人制伏，或對被害人曉以大義。被告在退休前曾是醫療少年院的指導教官，相信許多少年在他的指導下重新做人。被告大可善加利用自己的專長，但他沒這麼做。接著是關於法益均衡要件，辯方在這部分的解釋更令人難以接受。如果放任被害人繼續施暴，遭毆打的一方真的會喪命嗎？恐怕要發揮跳躍式的想像力，才能做出這樣的判斷。既然被害人長年從事看護工作，可合理推測他相當清楚暴力與非暴力之間的界線。換句話說，他知道打到什麼程度就該收手，否則會造成重傷。在這樣的認知下，他很可能打到一半就停手。因此，以『緊急避難』而言，迴避危難獲得的利益大小難以估算，但受侵犯的利益則是被害人的性命，這是確定的事實，兩者很難認定為均衡狀態。」

矢野喘一口氣，繼續道：

「第三點，則是對社會風氣及社會正義的影響。難道只要主張符合『緊急避難』要件，就能隨意犯法？難道為了迴避損失，就能隨意排除眼前的障礙？這可能會引起社會大眾對『緊急避難』這類例外情況進行擴大解釋的歪風。以這件案子來看，『緊急避難』頂多成為從輕量刑的要素，無法抵銷犯罪行為的違法性。否則，以責任主義為依歸的法律體制將遭到徹底顛覆。刑事案件的審理，仍應將焦點放在其行為本身。根據上述理由，檢方對被告稻見武雄，具體求處有期徒刑十五年。」

十五年……顯然檢方根本沒將安養院內的虐待情事，及栃野的惡行惡狀納入考量。

「現在請辯方進行最終辯論。」

御子柴回想著某特搜部前檢察官的名言「不驕傲、不氣餒」，起身說道：

「辯護人主張，被告稻見武雄的行為並非檢方聲稱的謀殺，而是為了拯救無辜第三者的『緊急避難』。殺意的有無與『緊急避難』的成立並無直接關聯，何況，被告數次說出帶有殺意的證詞，乃是基於他長年擔任法務教官所建立的道德觀，衍生出希望獲得贖罪的念頭。剛剛檢方針對『緊急避難』的補充性要件與法益均衡性要件提出的質疑，辯方並不同意。首先是關於補充性要件，根據與被告站在相同立場的入住者的證詞，及監視器拍到的影像，可說『伯樂園』的環境處於一種特殊狀況。或許這個比喻有點極端，但看護師與入住者的關係，或許就像是納粹集中營裡，納粹官員與猶太囚犯之間的關係。在那樣的環境下，被告真有可能與周圍的入住者在一瞬間達成共識，或是向打得不亦樂乎的支配者曉以大義嗎？檢察官提到被告曾指導許多少年院裡的院生，但辯方認為，檢方把十四、五歲的少年與四十多歲的被害人相提並論，才是牽強附會。法益均衡要件這部分也一樣，在面對暴力的當下，被告如何能夠冷靜推測看護師栃野是否還擁有足夠的判斷力？檢方的這種說法，實在令人懷疑。」

這段論述應該已順利扳回一城。包含遠山在內的眾法官皆聽得入神，而且頻頻點頭。

「其次是關於這起案子的背景。上次開庭時，證實『伯樂園』已成為罪惡的淵藪，不僅失去安養院協助與照顧高齡人士的社會機能，甚至成為虐待弱勢族群的溫床，所有入住者都是虐待行為下的犧牲者。在同伴的生命安全遭受嚴重威脅之際，被告稻見武雄毅然決然展開行動。他不是為了自己，而是為了他人。我並非想將他的行為英雄化，但各位請想想，他從不否認自己殺害栃野，還刻意隱瞞自己是為了救人的事實。光從這一點，便不難看出他的心態。現行法律並非奉行懲罰主義，而是以讓被告改過向善為目的。在本案裡，被告稻見武雄已充分悔悟，並且抱持著相當強烈的贖罪意識，給予更多懲罰沒有任何意義。」

御子柴的宏亮話聲傳遍靜謐法庭的每個角落。他發出的聲音，似乎在體內不斷震盪。

那是一種奇妙的感覺。

目前為止，御子柴進行過數百次最終辯論。憑著三寸不爛之舌，恣意將鄙俗的委託人形容成高風亮節的人物，或將陰險狡獪的委託人描述成社會歧視下的受害者。御子柴樂此不疲，是因這個工作能夠滿足他的補償心理。

然而，這次的論述完全不同。每一句都發自內心深處，如此真實且溫暖。每說出一句，彷彿就有更多力量蓄積在體內。

話雖如此，御子柴並非完全沉浸在自己的世界中。最終辯論的訣竅，在於讓每個裁判員體認到被告不僅僅是一種身分，而是有血有肉的活人。因此，在論述的過程中，御子柴連說數次稻見武雄的名字。

「稻見武雄大半輩子都在指導和矯正犯罪少年。任何指導或鞭策過他人的人，相信都能理解一個現象，說出口的話會反過來規範自己，限制自己的人生道路。稻見指導過成千上萬名院生，每一次都像是與自己搏鬥。而且，他必須克服少年心中的不信任感，及社會對少年的偏見。如今稻見武雄半身不遂，仍願意挺身對抗惡劣的暴力行為，也是基於相同的心態。他的對手是為了生存滿不在乎地欺侮弱者，獲得釋放後依然每天蹂躪弱者的禽獸。稻見武雄為了拯救孱弱的老人，逼不得已殺了這頭禽獸。辯護人主張稻見武雄的行為應判無罪，懇請各位裁判員考量上述諸點，做出適當的判斷。」

說完這番話，御子柴心中洋溢著滿足感，卻又帶著幾分自卑。滿足感是因盡力闡述所有對己方有利的論點，自卑則源於他曾是一頭剛剛話中提及的禽獸。

御子柴一回座，發現稻見望向他。不知為何，稻見的表情有些迷惘。

「被告請上證人席。」

法警推著稻見向前。

「本案的審理到此結束，若你有其他想說的話，請簡單扼要地提出。」

「首先，我想對辯護律師御子柴道謝。」

忽然聽見自己的名字，御子柴頗為錯愕。

「連身為被告的我都認為自己有罪，御子柴律師卻提出各種論點，為我爭取無罪判決。他說的那些話，真是嚇得我人仰馬翻。不是我老王賣瓜，相信在臥虎藏龍的律師業界裡，他算是相當厲害。」

「被告，請盡量簡潔扼要。」

「啊，抱歉。我想說的是……雖然有這麼優秀的律師為我努力辯護，我還是想接受處罰。無論律師再怎麼辯解，我仍得承認在毆打栃野時已失去理性。當時我的心中根本沒有適可而止的念頭。既然失去理性，就與禽獸沒什麼不同，心裡當然湧現殺意。」

——住口！

御子柴再次想吶喊。為什麼這個人老是喜歡拿石頭砸自己的腳？

「不管是自己的決定或受到教唆，既然是自己犯的錯，就得負起責任。如果我逃避責任，等於否定這輩子身為法務教官的自己。還有，律師以『緊急避難』為我辯護，雖然相當高明，但如果我靠這種理由獲判無罪，跟枥野有什麼不同？或許這麼說對過世的枥野有些失禮，可是我不願被拿來與他相提並論。」

不想和被害人成為同類，所以希望獲判有罪……天底下怎會有這麼荒謬的要求？

「審判長，不論理由是什麼，畢竟我殺了人是事實。每個人贖罪的方式不同，有些人能靠盡力幫助別人來贖罪，但我的人生已不長，加上身體不聽使喚，活著也無法幫助他人。所以，希望你能判我死刑，或是將我關到死為止。否則，我的人生就會留下汙點。審判長，再次懇求，請你務必給予我懲罰。」

眾法官及裁判員皆露出難以置信的神情。

遠山皺起眉，半晌後才輕歎道：

「針對被告稻見武雄殺人罪的審理到此結束，判決結果將於五月十六日宣布，閉庭。」

3

原本盛開於花壇上的堇花，不知何時換成玫瑰花。

一如往常，小笠原坐在花壇前的桌邊，專注聆聽著CD播放器流洩而出的旋律。莫札特的《鎮魂曲》。每次御子柴拜訪「伯樂園」，看到的都是同樣的畫面，彷彿小笠原也是景色的一部分。

CD播放器的音質實在令人不敢恭維，但依然能感受到弔慰死者的莊嚴與肅穆。《鎮魂曲》是一首為死者彈奏的彌撒曲，誕生的過程頗為曲折。莫札特還沒寫完整首曲子就病逝，未完成的部分由弟子們設法補足。曲風或許是反映莫札特晚年的精神狀態，頗為陰鬱淒涼，因此御子柴向來不感興趣。

此刻流出的旋律是第八樂章〈流淚之日〉（Lacrimosa）的開頭部分。D小調Larghetto（甚緩板）八分之十二拍。據說，這是莫札特臨終前親筆寫下的最後一段曲子。

女聲合唱搭配宛如哽咽般的小提琴聲，唱出哀悼之意。不斷重複著上揚與停滯的伴奏雖然單調，卻令人聯想到祭壇前的隊伍。

曲調彷彿沿著階梯向上攀升，到達頂點時原地踱步，只聽得見女聲的輕柔啜泣。對死者的思念，對多舛命運的泣訴，教人鼻酸。在緩緩重複著上揚與下墜的過程中，失落與期盼層層交疊，滲入心靈的裂縫。

旋律逐漸趨於平穩。緬懷往日的時刻再長，終有結束之時。內心剛獲得撫慰，曲子驟然轉為小調。男聲合唱突然竄出，甚至更哀戚……

「好久不見。」

御子柴一開口，小笠原驀地抬起頭，似乎現在才察覺他的來訪。

「啊，御子柴律師……」

距離最後一次開庭只過兩星期，小笠原卻露出懷念的表情，笑道：

「辯護工作辛苦了。」

「辛苦的是妳。妳行動不便，我還要妳出庭作證，真是過意不去。」

「別這麼說，偶爾出去外頭見見世面也不錯。尤其是在法庭上，真讓我開了眼界。」

這句話想必是諷刺御子柴在法庭上的再三質問。

「請原諒我在法庭上的無禮。」

「靠那種方式逼出證詞是你的看家本領，對吧？為了委託人的利益不擇手段，不在乎一切社會常識、準則及觀感……或許可稱為最理想的律師吧。」

「我可以坐下嗎？」

「請，我不喜歡被人由上往下看。」

御子柴坐下後，對上小笠原的目光。小笠原露出佛像般捉摸不透的微笑，御子柴無法判斷那是否是她的面具。

「跟前幾次拜訪時相比，這裡變得嘈雜許多。」

「御子柴律師，你真愛裝瘋賣傻。這裡會變成這樣，不全是你造成的嗎？」

「伯樂園」引發的話題鬧得沸沸揚揚，御子柴亦有所耳聞。機構內的虐待惡行在法庭上曝光的隔天，便有一部分早報刊登這則新聞。數天後，川口市政府介入調查。從法庭上作為證據的監視器影像來看，這些看護師明顯違反《看護保險法》。政府正在研議對「伯樂園」處以六個月內禁止招收新入住者，及六個月內看護薪資減兩成的懲罰。

除了前原、漆澤等看護師之外，院長角田也在懲處名單內。在背後經營的社會福祉法人成為眾矢之的，該法人立即宣布，將對入住者進行賠償，並更換所有職員。但由於難以立即招募到新職員，目前仍維持舊體制，但政府已派人進行監督。

「聽說，政府為每一位入住者安排新的入住機構？」

「多虧御子柴律師在法庭上揭發醜聞。若只是傳出謠言或內部告發，經營方一定會設法壓下消息，屆時我們受的虐待恐怕會變本加厲。以這種方式解決，是最理想的情況。或許這就是所謂的塞翁失馬，焉知非福吧。總之，藉由這件案子，你已證明自己是優秀的律師。」

「這是諷刺嗎？」

「沒那回事，這叫寓意深遠。」小笠原掩著嘴笑了起來。「話說回來，在法庭上看到那張照片時，我嚇一跳。沒想到你會找上佳織這條線索。」

「當初拜訪日浦家時，其實沒有明確的方向，只是希望多找到一些對栃野心懷恨意的證人。發現小笠原與佳織之間的關係，完全是偶然。」

「打一開始，你就認為是我教唆稻見行凶？」小笠原問。

「不，我只是發現殺死佳織的凶手，與佳織的外婆竟待在同一屋簷下，試著進行揣測。」

「佳織活著時，總是一天到晚黏著我。」小笠原眉飛色舞地說：「我的女婿經營陶藝工坊，他們夫妻十分忙碌。當時我也住在多治見，經常代為照顧佳織。」

「你們住得很近？」

「倒也稱不上近，但往來照應還算方便。佳織常來找我，在她十歲之前，待在我家的時間恐怕比待在自家長。」

「難怪和妳感情這麼好。」

「不管什麼事，她都會和我商量。例如，住家附近有個愛欺負人的孩子，或是學校有個老師很討厭之類的，簡直把我當成母親。對了，我愛看古裝劇，佳織也受我影響。她常向我抱怨，這個興趣害她被朋友當成怪人。」

小笠原笑逐顏開，眼角擠出皺紋，看起來只是高雅而平凡的老婦人。

「我僅有一個女兒，也僅有佳織一個外孫女。我本來擔心有了外孫女會不得安寧，但那孩子實在太可愛，想不疼也不行。每當我緊緊抱住她，看著她鼓起的臉頰，總會懷疑她是天使。在我眼裡，她是名副其實的掌上明珠。所以，當她說要一個人去韓國旅行，我擔心得不得了，好幾次勸她打消念頭，但她一旦下定決心，誰也無法改變……早知會發生那種事，當初應該沒收她的護照，我和女婿頌榮都非常後悔。」

小笠原神采奕奕的臉上，突然籠罩一層陰影。

「『藍海號』發生船難，我在乘客名單中看到佳織的名字，頓覺生命彷彿走到盡頭。但我仍抱著一絲希望，祈禱佳織能奇蹟生還……所有親戚都聚集在女婿的家裡，一同祈求佳織平安歸來。然而，發生船難的兩天後，電視新聞播出那段影片。」

「栃野搶奪佳織救生衣的影片？」

「那段影片毀掉我們的最後一絲希望。我們不再祈禱，取而代之的是對栃野的憎恨。御子柴律師，你有家人嗎？」

「沒有。」

「那你應該無法體會這種失去家人的感受。我好不甘心，每天以淚洗面。那時我甚至覺得雙眸流下的不是淚水，而是鮮血。在我的眼裡，栃野是披著人皮的禽獸。因此，聽到警察將他依傷害罪逮捕時，我大呼痛快。」

小笠原忽然陷入沉默，半晌後才接著道：

「但到頭來，栃野不必背負任何刑責。為了活命而犧牲他人，卻不必受到懲罰，我真不敢想像國家竟有這種法律。」

「栃野接受審判時，妳到場旁聽了嗎？」

「我從那時就有些行動不便，所以沒前往。何況，那場審判的旁聽席很搶手，多半進不去法庭。」

「那麼，妳怎會知道栃野的長相？」

「報紙只刊登佳織的照片，卻不刊登栃野的照片，連名字也不敢寫，只稱呼他為『男乘客』。所有親戚都氣得直跳腳，不明白這個國家為何對加害者如此仁慈。幸好八卦雜誌爭相登出栃野的照片，我才有機會記住他的長相。當時那些八卦雜誌，我都各買兩本。」

「各買兩本？」

「一本是保存用，另一本剪下照片，插滿大頭針。」

小笠原的嘴角上揚，眼神卻不帶笑意。

「御子柴律師，雖然我現在是這樣的處境，但我從小家境富裕，常常被人取笑為不食人間煙火。在發生那件事之前，我不曾憎恨或羨慕別人。最疼愛的親人遭歹徒以那種方式殺害，足以讓我化身妖魔鬼怪。」
「妳持續追查著栃野的下落？」
「不，追查行動一開始就遇上瓶頸。女兒夫妻向警察和檢察官苦苦哀求，還是問不出栃野的住址。後來，我們找上栃野的辯護律師，一樣吃了閉門羹。」
「這個國家簡直是犯罪者的天堂。」
「這是『屍體郵差』對國家的譏諷？」
「沒那回事，這是我的肺腑之言。若不是這樣的國家，我不可能成為律師。」
「你不是壞人，至少你願意盡力幫助從前的恩師。但栃野不同，獲判無罪後，他不改禽獸的本性。得知不可能查出栃野的下落時，所有親戚的身心都得了病。佳織的母親、我的女兒，子宮頸癌急速惡化，很快便撒手人寰。連我的另一半，也在佳織過世不久後……御子柴律師，人這種生物一旦喪失活下去的動力，壽命就會縮短。女婿頌榮相當堅強，獨生女和妻子相繼辭世，他還能獨自撐起工坊……我知道頌榮是咬著牙苦撐。畢竟他有義務照顧員工和他們的家人，不能一直沉浸在悲傷中。」
御子柴忍不住再次打量小笠原。儘管已八十六歲，臉上皺紋卻不多，背部微駝，腰桿依然筆直。以她這個年紀的老人來看，身體算相當硬朗。
驀然間，御子柴閃過一個念頭。她剛剛不是承認了嗎？所有親戚的身心都得了病……

沒錯，小笠原也病了，她得的是精神方面的疾病。讓不食人間煙火的千金小姐，化身為妖魔鬼怪。

「我在法庭上說過，是在新聞節目上看到栃野。當時，我覺得老天有眼，終於讓我等到這一天，開始相信冥冥中自有報應。不知是幸還是不幸，我的身體漸漸出狀況，需要看護。於是，我順理成章地入住『伯樂園』。」

「妳成功接近仇敵栃野，當時已擬定復仇計畫？」

「沒有，哪有什麼計畫。」

小笠原嫣然一笑。雖然年華老去，她的笑容仍帶著難以言喻的韻味。

「不過，我有的是時間和機會，沒必要心急。只要仔細觀察那個男人，總有一天會找出他的破綻。」

「那麼，我的委託人殺死栃野，完全不在妳的意料中？」

「哎呀，律師先生，難不成你以為從頭到尾都是我的陰謀？若你這麼想，真是太看得起我。」

「小笠原女士，審判已結束。」御子柴湊上前，「何況，這裡不是法庭，除了我們之外，沒有其他人，不會有人聽見或看見我們交談。放心，我身上沒有任何錄音器材。所以，能不能告訴我，妳在證人席上不肯說出的真相？」

「欸，律師先生，難道你認為我作偽證？我在宣誓時確認過，一旦在證人席上撒謊，將追究刑責。因此，我在法庭上說的都是真話。」

「我沒指責妳撒謊，但妳瞞著一些事。檢察官問妳『是否曾教唆被告做出危及被害人的行徑』、『是否曾慫恿被告殺死被害人』，及『是否曾說出憎恨被害人之類的話』，妳的回答都是『絕對沒有』。」

「是啊，我沒撒謊。」

「但我問妳『是否曾請求被告保護後藤，避免後藤遭栃野欺凌』，妳卻回答『不記得』。妳真的不記得嗎？不，絕不可能。我問過每一個目睹稻見攻擊栃野的入住者，其中妳描述的情境與稻見的供詞最為一致。」

小笠原直視御子柴，半晌沒開口。

「我今天造訪的目的，便是想聽妳親口吐露真相。」

「知道真相又如何？審判已結束，問了也無濟於事。」

「我認識的委託人，不會為了洩憤或一時衝動殺人。雖然在法庭上為他辯護是我身為律師的職責，但我想確認自己的辯護方針並沒有錯。」

兩人再次對望，眼神犀利，但態度溫和。

最後是小笠原打破沉默。

「我不回答，你就一直賴著不走？」
「最近我的空閒不少。」
「好吧，老實告訴你，我只對稻見說一句『請多照顧後藤』。」
「就這樣？」
「是啊，對那種類型的人，這麼一句就夠了。」
「哪種類型？」
「律師先生，我不曉得稻見在你眼裡是怎樣的人，但在我看來，他就是典型的男孩子。坦白講，世上大部分的男性不都是如此？」
小笠原再度露出別有深意的微笑。
「自我犧牲、英雄主義、義氣人情、大公無私……你愛使用什麼字眼都行。總之，男人會沉醉在自己的主觀世界裡，或許是受小時候玩英雄遊戲的影響吧，我們女人實在無法理解那種心情。稻見在這方面的人格特質相當強烈，我猜是長年與犯罪少年相處的關係。要慫恿像他那樣的男人，根本不必說出具體的方法，每天懇求他幫忙就行。」
小笠原說得輕描淡寫，彷彿在談一件無關緊要的事。
「看到稻見的第一眼，我就決定要借他的手來報仇。雖然不曉得稻見與後藤的關係，但感覺得出稻見十分關心後藤。只要想辦法讓稻見目睹栃野虐待後藤的場面，或是事後向稻見打小報告即可。一旦激發稻見的正義感及俠義心腸，總有一天他會採取行動。反正我有的是時間，大可慢慢等待。就在那一天，稻見終於採取我期望的行動。但我沒料到，他竟會要我們保密，別說出他是為了阻止栃野施暴才動手殺人的事實。」

小笠原微微偏頭，泰然自若地問：

「御子柴律師，你是法律專家，能不能告訴我，這麼做違反哪一條法律？」

「妳的行為完全不違法，連教唆也稱不上。假如這也算是犯罪行為，堪稱最完美的犯罪。」

「在你的心裡，這仍是犯罪吧？不過，比起栃野的『緊急避難』行為，這只是小巫見大巫。」

一股涼意竄過御子柴的背脊。

「而且……或許這麼說有些失禮，我認為你做的事根本沒意義。」

「沒意義？」

「你費盡苦心想讓稻見無罪開釋，稻見卻渴望受到懲罰。在稻見的眼裡，你到底是救星，還是絆腳石？」

御子柴明白繼續談下去才是沒意義的事，於是起身應道：

「謝謝，很高興妳跟我說這些。」

「你不責備我？」

「我沒有責備妳的權利和資格。」

御子柴轉過身，本來打算不再多言，卻忍不住開口：

「我曾犯下大錯卻逃過制裁，很清楚一件事。」

「洗耳恭聽。」

「接受法律制裁，比逃過制裁要幸福得多。」

不等小笠原回應，御子柴已邁步離開。

CD播放器流出的旋律，依舊是那首《鎮魂曲》。

4

五月十六日，宣判日。

御子柴、稻見和矢野聚集在四〇三號法庭，等待法官到來。

目前為止，御子柴聆聽過無數次宣判。唯獨今天，御子柴感覺世界一片死寂，不由得心裡發毛。其實旁聽席早人滿為患，充斥著竊竊私語，卻沒任何聲音能進入御子柴的世界。

大部分的被告，在宣判日總會焦躁不安，稻見卻懶洋洋地靠在輪椅上，一副氣定神閒的模樣。矢野檢察官仍擺出撲克臉，冷冷望著旁聽席上的群眾。

難道法庭裡只有他冷靜不下來？御子柴大感無奈之際，遠山等人終於走進來。

「起立，敬禮！」

遠山審判長先就座，接著兩名法官及六名裁判員就座，最後才輪到法庭內所有人就座。

「平成二十五年（WA）字第一二五四號，看護師凶殺案，現在宣讀判決。被告稻見武雄上前。」

遠山宏亮的嗓音迴盪在法庭內。然而，他的下一句話，卻讓御子柴僵在原地。

「主文，被告處以有期徒刑六年，審判羈押期間得抵扣六十日。」

御子柴忍不住想起身抗議。

——太荒謬了！

「理由

犯罪事實

被告於平成二十年四月入住公立安養院『伯樂園』後，遭任職該院的看護師栃野守屢次施暴。被告不肯屈服，持續抵抗，直到平成二十五年三月四日，於該院食堂內，目擊栃野對入住者後藤清次施暴。被告為了制止，持食堂內花瓶毆打栃野的頭部，導致栃野死亡。

法令依據

罰條　刑法一九九條

刑種　有期徒刑

酌量減刑　刑法六十六條

審判羈押期間抵扣刑期　刑法二十一條

量刑理由

1　在本案中，被告是為了幫助遭看護師攻擊的同伴，才殺害看護師。

（1）根據入住者的證詞及辯方提出的物證，可推測虐待惡行在該院已形成常態。在此環境下，被告企圖制止施暴者的行為具有正當性。

然而，被告制止暴力的方式，卻是持凶器毆打施暴者。即使被告有著下半身行動不便的不利因素，這樣的行為仍難以視為妥當。兼之被告在訊問筆錄和法庭證詞中，皆坦承對被害人栃野守抱持明確殺意，這點亦不符「正當防衛」要件中的避免第三人的利益遭侵犯。

（2）辯護人主張被告的行為符合「緊急避難」的要件，本庭對此進行審議。首先，關於補充性要件的部分，最大的爭議在於，被告是否沒有其他制止被害人繼續施暴的手段。由於被害人是在眾人環視下施暴，且被告可向其他職員尋求協助，難以將被告毆打被害人的行徑，視為符合補充性要件。

（3）其次為法益均衡要件的部分。辯護人主張，被害人的暴力行為導致後藤清次死亡乃可預見之結果，故符合法益均衡要件。但被害人持護身棒毆打造成的傷害程度無法精準預測，且被害人栃野守理應知道，遭施暴者後藤清次患有骨質疏鬆症，外人難以認定被害人會持續攻擊後藤清次直到死亡。然而，被害人遭侵犯之利益，為自身之生命，故法益均衡要件亦無明確證據可視為成立。

2　然而，被害人在院內持續虐待入住者，在本案中是必須考量的要點。被告的行為造成的危難，大於企圖迴避的危難，不符合「緊急避難」的要件，但可視為避難過當，故列為斟酌減刑的事由。

3　考量以上諸點，本庭對被告酌予減刑，判處略高於殺人罪法定刑期下限的六年有期徒刑。

平成二十五年五月十六日

埼玉地方法院刑事部

審判長　遠山春樹

法官　平沼郁子

法官　春日野哲也」

念完判決書，遠山輕咳一聲，俯視稻見問道：

「被告，最後有什麼話要說嗎？」

稻見抬頭回答：

「沒有，非常感謝。」

遠山將判決書擱在桌上，傾身向前。看著遠山的舉動，御子柴幾乎要失去理性。

——該死的法官，判了有罪還想說教？

「當這麼久的法官，第一次遇上為了救人而殺人的案子。」

遠山的口吻不再那麼嚴肅。

「依照規定，我不能透露法官與裁判員進行審議的詳細過程，只能告訴你，幾位裁判員一直拿不定主意，該下什麼判決。還有，如果你的健康狀況無法於一般監獄服刑，建議你透過律師提出轉往醫療監獄的申請。」

「謝謝審判長。雖然雙腿不便，但監獄裡那些勞役還難不倒我，好意我心領了。」

遠山微微頷首，抬頭宣布：

「閉庭。」

旁聽席上隨即有數人奪門而出，多半是新聞記者吧。御子柴根本沒心思管那些，立即奔到稻見身旁，說道：

「稻見教官，我們立刻上訴。」

「嗯？」

稻見還未回話，守在後頭的法警已閃身擋在兩人之間，催促道：

「稻見，得走了。」

「真是抱歉，法警先生，我和律師有重要的事想商量，能不能寬限五分鐘？」

法警不耐煩地退回後方。

「好了，御子柴律師，我們有五分鐘的時間。」

「這判決真是太愚蠢。對於『緊急避難』的要件，那些法官幾乎沒採納我的主張，卻又援用《刑法》第六十六條來減刑。根本是不想為『緊急避難』開先例，才下這種魚目混珠的判決。」

「御子柴律師……」

「反正這只是一審，到二審就沒有裁判員。法官對『緊急避難』的解釋，應該能做出更專業的判斷，到時……」

「御子柴，冷靜點，沒你的事了。」

「咦？」

「我接受判決，不打算上訴，你的工作到此為止。」

「等一下！」御子柴忍不住抓住輪椅的扶手，質問：「你到底在想什麼？現在才一審，有什麼理由不上訴？三審制度的存在，正是為了避免被告遭受不當判決，上訴是我們應有的權利。」

「我很滿意這個判決，不打算改變。」

稻見一旦下定決心，誰也無法動搖。御子柴深知，憑三言兩語不可能改變他的心意。到了這個地步，只好說出藏在心中的真相。如果可以的話，御子柴原本不想讓稻見知道這件事。

「有件事我必須告訴你……是關於小笠原的事。」

「關於榮姊？什麼事？」

「教官，或許你以為這麼做是出於自願，事實上你錯了，一切都是小笠原的陰謀……」

「你是指榮姊一天到晚求我保護後藤嗎？她心裡的盤算，我早就知道。」

稻見的口吻平淡，一字一句卻貫穿御子柴的胸膛。

「你說什麼？」

「她一定以為，對我說的那些話就像咒語，稱不上教唆，卻足以對我這種單純的男人的潛意識造成影響。同年代的男人經她那樣再三懇求，大多會願意為她赴湯蹈火吧。但我不一樣，我的行動和她的復仇毫無關係。就像你在法庭上說的，我保護後藤是要完成武士的遺願。看到栃野拿護身棒毆打後藤的瞬間，我確實心生殺死他的衝動，這不是謊言。我在證人席上說的全是真話。另外，榮姊應該沒發現，其實我早猜到她是被栃野害死的少女的親人。」

「你怎麼猜到的……？」

「當年『藍海號』的案子發生時，電視上一天到晚盡是相關報導。我行動不便，幾乎都在看電視。有一次新聞中播出日浦佳織的喪禮現場，你還記得嗎？」

「我應該沒看到那則新聞……就算播出喪禮現場，你又如何？」

「那場告別式不斷重複放著相同的古典音樂。曲子相當有名，像我這種古典樂的門外漢，即使不知道曲名，也聽過旋律。榮姊整天坐在花壇前聽音樂，聽的是同一首曲子。」

「莫札特的《鎮魂曲》……」

「沒錯，就是這一首。榮姊一直在聽這首曲子。」

「這首曲子如此常見，你不認為只是巧合嗎？」

「起初我以為是巧合，但仔細觀察，發現榮姊的眼睛和日浦佳織很像。而且，榮姊不時告訴我栃野又幹什麼壞事，看得出她在想辦法謀害栃野，只是我不曾親口問過她。呵呵，榮姊雖然聰明，畢竟當了一輩子的千金小姐，有點看扁我。」

稻見將御子柴的手輕輕拉離輪椅，接著道：

「榮姊一有空，就會坐在那裡聽《鎮魂曲》，好幾個小時也不膩。我曾問她為何老聽這首，她說是外孫女最喜歡的曲子。從她這句話，我便嗅出端倪。」

「既然知道她打的主意，為什麼她出庭作證時，你還要打斷她的話？不，你為什麼不主動揭發她的詭計？只要你這麼做，一定能增加減刑的機會。」

「我剛剛提過，我的行動和她的復仇計畫毫無關係。」

「怎會毫無關係？任何對委託人有利的事證都該加以利用，這是我身為律師的職責。」

「這就是我和你不同的地方。」

稻見別過頭，似乎不願與御子柴四目相交。

「你這小子太聰明，早就猜到你會把我不想說的事，及榮姊心中的祕密全挖出來當法庭上的證據。正因如此，當初我才不想找你辯護。御子柴律師，在法律上，動機會影響罪刑的輕重吧？」

「有沒有正當動機，當然會影響罪狀。」

「所以，你為我辯護時，才會一直圍繞著動機的問題打轉。」

「這還用說嗎？」

「但在我的觀念裡，有沒有動機並非那麼重要。任何人的心裡，一定都曾有『我想殺了那傢伙』的念頭，但會不會付諸行動，取決於靈魂的形狀。不論是多麼冠冕堂皇的理由，一旦雙手沾上鮮血，就是邪魔歪道。即使能找理由誆騙法官，卻無法找理由誆騙自己。我殺了栃野，就該接受懲罰，否則無法回歸正道。」

「不要再講這種傻話！」

御子柴忍不住大喊，在場的法警都嚇得轉過頭。

「若世上每個人都只會囫圇吞棗地相信法律條文，不進行任何辯解，滿腦子只想贖罪，還要律師做什麼？」

「別這麼說……」稻見以粗大的手掌拍拍御子柴的肩膀。「假釋出院的那天，你曾在院長等人面前發誓，要好好過接下來的人生，該不會忘了吧？」

怎麼可能忘記？

正因沒有一天遺忘，他今天才會以律師的身分站在稻見面前。

「我相信你一直實踐著誓言，對吧？既然如此，不要看輕自己的工作。」

「可是，我做的每一件事，都對你沒幫助。」

「那只是你我的贖罪方式不同，別想得太複雜。」

「稻見，走了。」

等得不耐煩的法警強行推著輪椅走向出口。稻見勉強轉過身，朝御子柴喊道：

「御子柴律師，謝謝你。」

那是稻見對御子柴說的最後一句話。

御子柴愣在原地，恩師的身影在視野中逐漸縮小。

回到事務所，洋子興高采烈地出聲問候。御子柴不禁鬆一口氣，看來心中的沮喪沒顯露在臉上。

「老闆，您不在時發生了大事。」

原來這就是洋子情緒激動的原因，但此時御子柴無法再承受任何惱人俗務的轟炸。

「發生什麼事？」

「我們接到新的顧問委託契約，而且一口氣來了兩件。」
「哦，這次是哪個黑道幫派？」
「不，一家是製藥公司，一家是建設公司，兩家都是正派的上市公司。」
今天是吹什麼風？
「一定是這次的案子建立起名聲。以『緊急避難』為辯護重點的審判，在網路上也引發熱烈的討論。」
洋子笑得如此燦爛，想必不是事務所的收入增加，而是「宏龍會」之類黑道以外的顧客有回流的趨勢。
御子柴只不過是最近在媒體上的曝光率較高，那兩家公司就趕緊提出顧問委託，恐怕也不會多正派。雖然不像黑道那麼明目張膽，內部恐怕有著許多不可告人的內幕。
可惜，御子柴連調侃洋子的力氣也沒有。
「確認契約內容沒問題，就幫我答應吧。」
「好的。」
此刻，光是看到洋子笑容可掬地走回座位，御子柴內心便一陣不耐煩。
御子柴癱在座位上。不知為何，他感到身體異常沉重。
稻見的話不斷在耳畔迴響。

——不要看輕自己的工作？

這次沒能守護心中占有重要地位的人，卻吸引更多客戶，實在是天底下最諷刺的事。

御子柴轉念又想，稻見那幾近異常的清高心態，究竟是怎麼回事？第一次開庭時，稻見就懇求遠山審判長懲罰自己。那個舉動並非要包庇他人，而是真的希望受到懲罰。

聽到判決的瞬間，稻見甚至露出心滿意足的表情。那種如痴如醉的神態，御子柴在獲判無罪的被告臉上也不曾見過。

御子柴赫然驚覺，那是殉教者的表情。

不是天性樂觀，也不是自我解嘲，而是單純沉浸在唯有自己才能體會的滿足中。小笠原當時露出的笑容，不也是如此？

到頭來，稻見與小笠原其實是同一類人。稻見為了保護兒子犧牲自己換來的生命不惜弄髒手，小笠原為了替外孫女報仇而化身惡鬼。兩人的共通點，在於他們都甘願為逝去之人投身地獄。

不管是稻見的自我犧牲，或小笠原的陰狠圖謀，都是法律無法干預的範疇。沒有任何一條法律能拯救稻見，正如同沒有任何一條法律能制裁小笠原。

御子柴彷彿看見法律的極限。既然是法律的極限，當然也是司法界人士的極限。御子柴沒辦法讓稻見獲判無罪，正如同矢野沒辦法起訴小笠原。

——這算什麼法治社會？

一輩子為落入地獄的人伸出援手……御子柴不曾違背當初立下的誓言。正因御子柴深信法律擁有強大的力量，有時才會為了達到目的濫用。

如今，御子柴終於醒悟法律並非萬能。至少對兩個老人而言，法律不過是寫在《六法全書》裡的無意義文字。

成功為外孫女報仇的小笠原，能夠在安養院裡毫無遺恨地安享晚年。相較之下，稻見少得可憐的剩餘人生，大部分都得在寒冷蕭瑟的監獄裡渡過。御子柴明知內情，卻無能為力。再怎麼揮汗奔走，在法庭上舌粲蓮花，到頭來終究是螳臂擋車。

他的力量實在太渺小。

絕望與自我厭惡，緩緩滲入御子柴的內心深處。

——原來絕望會對精神造成這麼大的打擊……

——原來自我厭惡會奪走生命中的全部精力……

御子柴並不在乎世間的評價。至於律師同業在他背後製造的流言蜚語，他更是不放在心上。此刻，一股慘遭羞辱的敗北感，卻幾乎擊垮他。

御子柴低頭望向領口。別在領口的律師徽章，宛如零食裡送的小玩具一樣可笑。

御子柴忽然覺得一切都無所謂。

若能拋開律師徽章和這間事務所，從此逍遙自在，該會有多麼愜意。
沒錯，乾脆別幹了。
反正靠著院生時期學來的旁門左道，不當律師也餓不死。
贖罪？別開玩笑了，那簡直像是把人生扔在水溝裡……
「老闆？」
甜美的誘惑猛然遭人硬生生打斷。
「有一封您的信，剛剛忘記交給您。」
洋子遞來一枚信封，接著道：
「我先下班了，明天見。」
「好，明天見。」
等洋子離開，御子柴才將信封翻至背面。
寄信人處寫著「津田倫子」。
御子柴心頭一驚。
是從前的委託人的小孩。如果沒記錯，今年才八歲，難怪筆跡頗為拙劣。
御子柴湧起一股好奇，旋即拆開信封。裡頭的信紙有著充滿幻想風格的卡通圖案。

「御子柴律師：

你過得好嗎？我目前住在親戚家，過得很好。

我在電視上看到你。你還是那麼努力，跟之前幫忙媽媽時一樣。我相信那個叫稻見的人，應該沒做錯事。我知道你是個好律師，總是幫助沒做錯事的人。我會一直支持你。等我長大，也要像你一樣當個好律師。

你要加油喔。

倫子」

御子柴凝視著信上寥寥數行字。

字跡逐漸暈染開來。

【系列導讀】

高唱不協和音向地獄伸手的反英雄
留名日本推理小說青史的「罪與罰」

／喬齊安

「犯罪是對社會組織的不正常現象的抗議。」

——杜斯妥也夫斯基《罪與罰》（一八六六）

二〇〇〇年出現一本在媒體上大量報導、引起日本大眾搶購熱潮，甚至排隊在書店等待補書的暢銷書——作者來自一位致力為更生少年犯辯護的女性律師大平光代，她的親筆自傳《所以，你也要活下去》，光是當年度的銷量就逼近三百萬冊。

大平光代的經歷十分傳奇，曾因遭受嚴重霸凌而自殺、尚未成年就刺青加入黑道逞兇鬥狠，被黑道老大拋棄後，又淪落酒店陪酒。在貴人．義父大平浩三郎的多番勸導與協助下，她重拾學業苦讀，以原本只有國中的學歷，不可思議地接連考取職業證照，甚至通過了被譽為全日本最難考的司法考試，在三十一歲時正式取得律師資格。光代此後活躍於幫助少年犯，晉身街頭巷尾讚不絕口的名人楷模。

然而，現實是並非每一位改過自新的律師，都能夠獲得諒解與肯定。推理作家中山七里便說，以前有一起被埋在角落的新聞讓他印象更為深刻。一個男孩砍下了朋友的腦袋，在少年院裡苦讀，當上了律師。但他被揭露了殺人犯的過去後，事務所遭受到各種惡意攻訐，終究倒閉並銷聲匿跡。正因司法考試艱難，通過考試，得以法條掌管人命的這群法界人上人：法官、檢察官與律師，在日本一向享有高收入與良好名譽。但是，就像上述的新聞，如果一個優秀的律師，其實有另一個身分的話，人們會怎麼樣看待呢？這就是「惡德律師．御子柴禮司」系列的概念由來。

自二〇一一年發表的首作《贖罪奏鳴曲》起，本系列已經出版到第六集《殺戮狂詩曲》（二〇二三），是中山七里筆下最長青的系列之一，甚至兩度被改編為電視劇，分別由三上博史與要潤主演這位「惡魔辯護人」，受歡迎程度比起音樂偵探岬洋介系列、刑警犬養隼人系列是有過之而無不及的代表作。與其他兩位主角不同的是，御子柴禮司是一個光看設定便讓讀者感到震撼、極具強勢存在感的主人翁。

《贖罪奏鳴曲》的開頭，佩戴著律師徽章的他便背著一具屍體進行棄屍；第二集《追憶夜想曲》（二〇一三）的開頭中，年少的他更在殘忍地分屍幼童……原來，御子柴是入獄後取的新名字，他過去是十四歲就毫無理由地殺害幼女，四處擺置屍塊，被冠上「屍體郵差」惡名的殺人犯園部信一郎。因為少年法的保護，他無須被判刑，在醫療少年院受到教官稻見武雄的教誨、以及某名服刑少女美妙的鋼琴聲喚醒了「感情」，從原本對一切無感冷漠的反社會人格，逐漸生成「人性」。他與同伴逃亡導致的意外令稻見受到半身不遂的傷害，也就此將稻見告別的箴言銘刻至靈魂：

「你必須贖罪！贖罪並非義務，而是鑄下大錯者應得的權利：回歸正道的權利。有些人放棄了這個寶貴的權利，真是太悲哀了。這些人將一輩子無法爬出自己所挖的深穴，一直到臨死前心中依然充滿黑暗與悔恨。但願意贖罪的人，將可以獲得安祥與光明。」

不惜以非法手段的魔功來行正道，在布滿荊棘的贖罪之旅中蹣跚前行，便成為御子柴禮司這號人物的中心思想。而中山七里也將「前科犯」人設的可塑性發揮得淋漓盡致，筆者認為本系列有三大引人入勝之魅力：首先是每一集都設計了與其黑暗過去關聯的角色，並在這些深入御子柴生命的事件埋藏戲劇性衝突，甚至是石破天驚的爆點。如第三集《恩仇鎮魂曲》（二〇一六）中，御子柴視為再造父母的稻見，一生俯仰無愧，卻在安養院中動手殺了看護師，並一心求刑；第四集《惡德輪舞曲》（二〇一八）裡親生妹妹園部梓找上門，要求他為再婚後疑似吊死第二任丈夫的生母郁美辯護……藉由這些撕扯主角內心的艱困挑戰，小說也跟著探討了犯罪者本人、受害者家屬、加害者家屬在捲入刑案後的悲哀處境。

第二是社會派、本格派寫作能力兼具的中山，不喜玩弄複雜的詭計或猜兇手，卻能在每一集設計富含懸念的獨特謎團，做為令讀者想要持續看下去的閱讀推進器。例如《追憶夜想曲》裡，總是從無良客戶身上榨取大筆金錢的御子柴，不惜請黑道協助，也要爭取為一名殺人嫌疑百分百、態度又糟糕的平凡主婦辯護，幕後有何玄機？第五集《復仇協奏曲》（二〇二〇）更在開頭就下了猛料，在前四集看似NPC的寡言事務員日下部洋子，暗藏驚人的身分。她主動前來應徵，在御子柴底下工作這麼久，是否正如書名預示，燃燒著伺機而動的復仇之火？

由松本清張發揚光大的社會派推理小說中，描寫人類的「行為動機」是一大精髓。但御子柴系列並非只著重在傳統的「兇手為何要犯罪」，而是奠基於主角遊走邪惡與正道極端的特殊性上，賦予上述配角群和犯罪者們心理的謎團。有的人可能是冤枉的卻主動頂罪、有的人動手殺了人卻刻意隱藏真正的動機，更有的人是在毫不自覺中手染鮮血，到底過程發生了什麼事？除了指責他們以外，難道我們可以安心地置身事外旁觀？在抽絲剝繭這些行為意義的時候，宛如釀酒一般濃醇有力的社會派深度躍然紙上、叫人大呼過癮。

最後一點，就是中山七里素有「逆轉的帝王」稱號，每每在結局神來一筆、殺得讀者措手不及，也是筆者一向喜愛他的原因。高明的是，中山把擅寫逆轉的特徵搬到這套「法庭推理」

上後，為小說的娛樂性拉高了好幾個層次，塑造出與過去警察小說截然不同的痛快。因為御子柴是一名律師，他不能查案緝凶了事，真正的任務是「打贏官司」。而在日本律師要打贏官司，難度比起當偵探還要大得多。

日本刑事案件只要檢察官立案起訴，法官判罰有罪的機率高達99.9%。這個特色常被法庭作品拿來運用。先天環境不利，御子柴往往還得在故事中面臨看不到半點勝算的絕境。可能是「點」（案件起點及發生事由）與「線」（審判前的事態發展）都奇差無比、找不到酌量減刑機會的案子；或者更糟糕的三大事實證據「機會、方法、動機」俱全，根本無可開脫的情況。有時候還有委託人本人隱瞞祕密、不願坦誠相告的情況。迷霧中的御子柴不僅需要查出真相，更得擬定辯護戰略，用口才與證據正面擊敗占有優勢的檢察官，打破日本書面證據審理的法庭傳統，以破天荒的戲劇手法逆轉鐵一般的事實以及法官、裁判員的認知。精彩的演出讓小說中作者也忍不住借用檢察官之口幽了一默：「刑事法庭的有罪判決率，不是99.9%嗎？大家都說剩下的0.1%，大多是御子柴的傑作。」

比日本頭號律政劇《王牌大律師》（二〇一二）中的古美門還要早問世的御子柴禮司，儘管主角人設爭議，但完成度與業界口碑、銷售量都是無庸置疑地出色，本來中山七里根本沒預計把這個角色寫成系列，卻在講談社的敲碗下，就這樣延續了十幾年。為什麼這套作品如此受到喜愛？江戶川亂步賞得主下村敦史指出，過去日本的法庭推理大多讓律師扮演偵探，蒐集新證據後回到法庭上開戰。但他更喜歡歐美的法庭作品橋段：以「言語的力量」顛覆陪審團的心證。正好日本在二〇〇九年中開始實施裁判員制度，國民開始有參與判決權力。御子柴那種在場上說服人心的辯論技巧相當吸引讀者，非常符合時代的需求。這個制度對社會是好是壞？小說中更以數據、專業人士的想法，提供發人深省的思考空間。

中山七里以塑造了巨大的「中山宇宙」聞名，幾乎筆下角色都活在同一個世界，彼此相互連結、甚至在別的系列作品中登場。這是他想成為職業作家的鬥志：一開始就構思四種類型，每一種都寫下去，即使有一種賣不好，其他類型還是能夠讓他謀生。喜歡御子柴系列的讀者，建議萬勿錯過中山起源作《連續殺人鬼青蛙男》（二〇一一）。本作與《贖罪奏鳴曲》互為表裡，御子柴與曾碰面過的《青蛙男》兇手具備類似的成長軌跡，為何他能回頭是岸、對方卻淪為更恐怖的惡魔？再一塊與今年也改編成電視劇的《嘲笑的淑女》系列主角蒲生美智留對比，勢必有番宿命般的感慨。曾有讀者質疑御子柴被音樂喚醒良知的設定過於「奇幻」，但《青蛙男》中早已透露出作者的理念：

「世界上，一方面是虛偽與慾望、瘋狂與憎惡胡纏蠻攪，一方面是真實與奉獻、理性與愛情和諧共生。汙濁之物和清淨之物始終並存著，而清淨物當中的一個，就是音樂。那麼，可能用音樂來淨化精神上的汙濁嗎？」

音樂具有洗滌邪惡的能量，但不同的「父親」帶來的境遇，也讓惡德律師與殺人鬼青蛙男最終蛻變為日本社會的光與影。青蛙男留下的遺憾，由御子柴的熱血填補，也是繼岬洋介系列後，再度呼應「音樂」在中山七里文學中的崇高地位。另一方面御子柴的原始人設來自《怪醫黑傑克》（一九七三），無照醫師黑傑克因臉部傷痕和向患者索要巨額手術費而惡名昭彰，不為醫界所容。起初看似反派人物，但後續展現出重視生命與醫療資源，義無反顧奉行信仰的醫學之道令人動容。御子柴那不擇手段、不惜自曝前科身分等代價贖罪，承擔罵名唾棄甚至人身傷害也無所動搖的決心，正與中山七里所崇敬的手塚治虫思想相互輝映。

筆者綜觀中山七里出道以來發表的七十七本小說，除了「中山宇宙」的相互串聯，亦與時俱進地深化他關懷社會弱勢、司法癥結的創作核心。《贖罪奏鳴曲》是中山在《再見，德布西》（二〇一一）勇奪「這本推理小說真厲害！」大獎出道後開寫的第一部作品，當時訂下的主題是「沒有被法律懲罰的人要如何贖罪？」由於法律是重要一環，主角就自然而然成為了律師。東野圭吾曾指出，日本司法制度有著過度優待犯罪加害者，還對被害者及其家屬刻薄的狀況，中山七里也認為，「上級國民」犯了罪可能被輕輕放過，但有一些人因為做錯事卻遭受過重的處罰，這種不平等現象衍生的種種問題被他長年著力詰問，如《青蛙男》中的「心神喪失者行為不罰」、《泰米斯之劍》（二〇一四）裡環環相扣的冤罪悲劇、《零目擊者現場》（二〇二三）的「私刑處刑人」也不再是幻想中的產物。

環繞在司法爭議的職人角色也逐漸擴增，從《青蛙男》的基層警察古手川到御子柴律師、《交給靜香奶奶》系列的祖母孫女檔法官、《能面檢察官》系列的不破俊太郎，他們站在不同的立場與觀點抵抗荒謬的現實，在阻礙重重的組織規範、社會常識中奮力維護自我的信念，為讀者撥開被主流媒體所掩蓋忽視的思辨空間。中山在二〇二四發表的新作《AI告訴我有罪》裡，更探索了「人工智慧法官」引入日本後可能會發生的事，AI總是擁有正確答案，但時常欠缺正確答案的人類，真的該將審判結果交給AI來決定嗎？

而位居於中山七里創作核心裡最不可或缺的一塊拼圖，肯定就是御子柴系列。每日讀報、關注時事的作者，在這套小說中融入了第一手的思維與資訊。從系列最新的《殺戮狂詩曲》中可以發現，內容大膽引用了發生在二〇一六年的日本戰後最大規模屠殺案——相模原市身心障礙者福利院殺人事件。兇手是福利院離職員工植松聖，他「淘汰障礙者」的優生學說引發社會恐慌，人人疑惑為何精神正常的陽光青年會培育出如此扭曲思想。中山則將其事件的影響、漣漪，以另一種可能的動機轉化為嘗試救贖犯罪關係人的故事，再展大師身手。

御子柴系列鏗鏘有力地刻劃時代的印記、紀錄律師產業的變遷、批判裁判員制度的弊病、以及描繪歧視更生人的人性卑劣與良善之現象，筆者認為這個系列之成就，乃足以留名日本推理小說青史的《罪與罰》經典。引言俄國文豪杜斯妥也夫斯基的金句意指，有的罪惡純屬個人行為，但有更多源於「不公」的犯罪是社會上每一份子可以挺身相助的。御子柴禮司這位以「贖罪」為原動力、高唱著「不協和音」向身處地獄的人們伸出援手的反英雄，或許正是中山七里本人的化身，以筆鋒控訴當代失序亂象，並渴求著理想中的「正義」吧。

導讀者簡介／喬齊安（Heero）

台灣犯罪作家聯會理事，百萬書評部落客，日韓劇、電影與足球專欄作家。本業為製作超過百本本土推理、奇幻、愛情等類型小說的出版業編輯，成功售出相關電影、電視劇、遊戲之IP版權。並擔任KadoKado百萬小說創作大賞、島田莊司獎、林佛兒獎、完美犯罪讀這本等文學獎評審，興趣是文化內涵、社會議題的深度觀察。

TITLE

恩仇鎮魂曲

STAFF

出版　瑞昇文化事業股份有限公司
作者　中山七里
譯者　李彥樺

創辦人 / 董事長　駱東墻
CEO / 行銷　陳冠偉
總編輯　郭湘齡
文字編輯　徐承義　張聿雯
美術編輯　朱哲宏
國際版權　駱念德　張聿雯

排版　朱哲宏
製版　明宏彩色照相製版股份有限公司
印刷　龍岡數位文化股份有限公司
　　　紘億彩色印刷有限公司

法律顧問　立勤國際法律事務所　黃沛聲律師
戶名　瑞昇文化事業股份有限公司
劃撥帳號　19598343
地址　新北市中和區景平路464巷2弄1-4號
電話　(02)2945-3191
傳真　(02)2945-3190
網址　www.rising-books.com.tw
Mail　deepblue@rising-books.com.tw
港澳總經銷　泛華發行代理有限公司

初版日期　2025年2月
定價　NT$520/HK$163

國家圖書館出版品預行編目資料

恩仇鎮魂曲/中山七里作 ; 李彥樺譯.
-- 初版-- 新北市 : 瑞昇文化事業股份
有限公司, 2025.01
336面 ; 14.8 X 21公分
譯自 : 恩讐の鎮魂曲
ISBN 978-986-401-798-0(平裝)

861.57　　113018606

讀小說
Reading Novel